名家小写文集

张灵均————著

在烛光里遐想

北京联合出版公司
Beijing United Publishing Co.,Ltd.

图书在版编目（CIP）数据

在烛光里遐想 / 张灵均著 . -- 北京 : 北京联合出
版公司 , 2024. 8. -- (名家小写文集). -- ISBN 978
-7-5596-7926-0

Ⅰ . I267

中国国家版本馆 CIP 数据核字第 2024TE5402 号

在烛光里遐想

作　　者：张灵均
主　　编：张海君
出 品 人：赵红仕
出版监制：张晓冬
责任编辑：徐　樟
特约编辑：和庚方　张　颖
封面设计：立丰天

北京联合出版公司出版
（北京市西城区德外大街 83 号楼 9 层　100088）
三河市同力彩印有限公司印刷　新华书店经销
字数 260 千字　710 毫米 × 1000 毫米　1/16　12 印张
2024 年 8 月第 1 版　2024 年 8 月第 1 次印刷
ISBN 978-7-5596-7926-0
定价：65.00 元

目　录

第一辑
一个村庄的气场

夜周庄：光与影的镜像

一

那么远，我从湘北来，已近黄昏。

天地之间，暮色开始合围。

夜周庄在店家的打烊声中开始了。只见伙计抱出一摞摞陈旧的木板，依次放在门槛中的木槽里，用力推了一两下，发出"咚咚"的声响。一个拎着拖把的女人，来到河边洗涮，在逆光里像个剪影，如同我小时候看过的皮影戏，正丰富着我手中的镜头；那归家的乌篷船裁剪着水波驶过来，看不清船娘的模样，却听得见她摇橹的声音不紧不慢，由远而近，又由近而远——

河风吹过来，岸边草本植物的叶子，还在微微荡漾……

一个孩子赶着几只鸭子，鸭子"嘎嘎"地叫，似乎还在贪婪那方流水。

几声蝉鸣，把我的目光从东头这棵樟树，扔到西头那棵樟树上。走近，不见蝉，连蝉鸣声也听不见了。只有几只雀鸟，从这根枝头，跃到那根枝头，逗人。

这边的双桥，垂直吊下一盏盏红灯笼，似乎在招呼着夜行的归人，到家了，到家了！那厢的檐下，也是一串红灯笼，随风晃动；河边临水的石阶上，散落着淡淡的灯光，柔和如月色，照着汲水人家拾阶而上；酒肆茶楼，挑灯高悬，光线漫溢，泻过木窗格子，让粉墙黛瓦的玲珑曲线，美轮美奂地倒映在水里，成全了一个留美画家陈逸飞的声名。

是谁的吴侬软语哼出江南小调，从一扇光亮的窗口飘出来，悠扬婉转……

那么远，又那么近。

二

一个人要了一条乌蓬船。

乌蓬船疑似一座行走的岛屿，也像安装了轨道的游机，船头是我的机位，我把两岸窗口显影出来的各式人物，连同建筑景物并收进了我的镜头。其实，我刚才也坐在某一个光亮的窗口，看水面过往的船只。而此刻，只不过是交换了场景而已。

伫立船头，来不及跟迎面擦过的船上游客打招呼，我的目光无意瞥见一架飞机，从我头顶的夜空掠过。我猜：飞机上的乘客一定投下惊讶、好奇的目光。或许，在刹那间，他们完全颠覆了自己的意识，已经分不清哪是天庭，哪是人间？从空中看下来，那些水面闪烁的灯笼，像金属拉链的齿，抑或纽扣，沿河两岸有序排列着，敞开了河流的风衣，让周庄的夜色衣袂翩翩。

那折射的灯光以及波光，星星一样闪烁……

飞机上看夜周庄成了银河系，让人多了几分神秘。

其实，在这种空间距离中，天上的飞机也不过眼中滑过的流星，擦了我匆匆一瞥的目光，还没有焐热，就稍纵即逝了。

夜渐深，枕河人家室内的灯渐次熄灭，只有挑起的红灯笼一直不眠。像天上的星星，灿烂在银河系里。

这让我想起法国塞纳河的波光，可以使巴黎折射成为一个梦。而巴黎反过来又把塞纳河打扮得如此华贵富丽，如此精致妖娆、名声显赫。这是不可思议的一种互相创造的关系，因为这样的创造和激发，使她们彼此拥有了如此充沛的激情和不衰的活力。

从这个意义上说，太湖的水与周庄相互遇见，又是多么神似。水孕育了周庄，创造了周庄，还使她具有了灵魂以及灵性。而周庄的繁荣也让湖水也好，河水也好，四季循环，或急湍，或舒缓，淌着，流着，即使流水拐弯抹角，也会在某一处交融相会，你中有我，我中有你。

如果说：巴黎塞纳河是西方的大家闺秀。

那么，姑苏周庄便是东方的小家碧玉。

走下乌篷船，我似乎意犹未尽。

三

我是前一夜，才下决定来的。因为，是我又梦见了你。

曾无数次梦见周庄打湿了我的衣襟。

周庄浮在昆山西南的众水之上，似乎还在梦里轻轻摇晃，像泊在水面的乌篷船，难免有海市蜃楼的幻觉滋生。不知是梦太沉，压得船身吃水很紧，还是江南一律向周庄倾斜，全世界崇尚闲适文化的人投来了目光。那接踵而至的步履，让周庄日常生活的天平秤还在翘尾。人气攀升的周庄，显露出现代都市人的价值取向，从而也奠定了周庄在整个江南的分量。

梦见你，是我的牵挂，如同睡梦里垂钓。

双耳的铃铛，在枕边战栗着，一直响个不停……

　　我家住在浩瀚的洞庭湖畔，见过太多太多的大水，并没能如梦把太湖流域的水乡周庄轻松地钓起来，却被鬼魅的周庄丝线般拽得心急火燎，像打了千千结。

　　第二天，只身前往。是去圆梦，还是拆结？

　　我不过是洞庭岸边的一个凡夫俗子，不是神话传说中的柳毅，可以沿着君山岛上的一口水井，直接走下去，一直可以通到太湖，为小龙女传递情书。我曾在古典戏文里见过龙王的三公主，也曾想象过她的美丽、善良、聪颖，还一度在现实生活中寻找我心目中的小龙女，却始终没有找到。便在梦境中猜想：水乡周庄莫非是小龙女前世的化身，撩拨现代都市人身心渐渐枯竭的相思之情。

　　这个被人称作柔软的姑苏水乡，就这样成了江南的代名词，立在都市的另一端，立在梦的深渊，模糊又清晰。让人心智进入一种莫名的、不知所措的情感复苏状态，而成为无法抗拒的精神领地；像一只长途跋涉之后的倦鸟，找到了它的栖身之所，能安然地梳理羽翼；像在繁华的尽处，在思念与泪水交织之处，在疲惫与困顿挣扎之处，看到的一盏黑暗深处的暖光；这无疑是梦的憩园，让枯藤长出青枝绿叶的植物。仿佛，是谁伸出了千佛手，给人的灵魂以最充盈的慰藉。

　　或许，这就是现代人迷恋周庄的理由。

　　梦见你，是我的创可贴。

四

　　今夜，我是一个虔诚的霞客。如同寺庙里的香客，是还愿，还是修行？

　　走在夜晚的周庄，只见横跨南北市河的富安桥与楼联袂，双桥则由世德桥和永安桥纵横相接、石阶相连而成，桥面一横一竖，桥洞一方一圆，被人叫作钥匙桥。尽管石桥小巧，伫立桥头，伸开双臂，依然可以兜入满怀的凉风，被梳理过的桥面凸现早已被人摸得光滑的石刻。

桥下蹲着的婆婆，正忙着水边清洗物什，上下抖动。

其实，她年轻的时候，也许常常挎着满篮的衣服，带着棒槌，绾起了发髻，在水边的石阶上敲打。然，物是人非，这种场景已经成了绝唱。

这些个石头，其实再普通不过了。但砌成石桥之后，被人反复地抚摸，有了灵气，加上水泽的温润，便有了精灵般的气息。明知道上面那怪兽和石狮都是些钝物，可是那流转的眼珠还是泄露了它们近千年的修行。

站在桥的顶端，得到的感受不是指挥千军万马的豪气，却是一览水乡的便利。人行到这里，什么功名利禄全部远逝。几百年历史风云，也就这样跌跌撞撞过来了。而人生的几十年，不过是眨眼间的事情了。

富有历史感的神秘性，正是留给我们想象历史的巨大空间。

到了"贞丰泽国"的牌坊前，我不忍再往前走，生怕跨出牌坊，就回到了现实中。仿佛牌坊就是900年历史与现实的分界线。

我以诗人的目光打量这牌坊，一时半刻也无法洞穿她背后的时间意义。

在江南，我见过不少的牌坊，并以彰表烈女节妇居多。它们纵情恣肆，张扬于镇口或村头，仿佛要天长地久，与山石同寿。而眼前这个"贞丰泽国"却不尽相同，它明确告诉游人，这里在贞丰年就已经是水乡泽国了。古籍载：周庄曾称贞丰里，北宋开始叫周庄。而真正声名显赫是到了明代，因巨富沈万三利用镇北蚬江水运之便通番贸易，才使得周庄成为粮食、丝绸、陶瓷、手工艺品的集散地，遂为江南巨镇。到了清康熙年间，已经是富庶水乡，才正式定名周庄的。

我以步履计算，又梳理一遍周庄，以此弥补白天的喧嚷带来的不足。也可以说是穿针引线，向每一个活灵活现的景物道别，用这一天来的熟稔与陌生，抚摸我心中最柔软的江南。为先前的一个梦，兑现自己的诺言。

我以傻瓜镜头，记录我打量周庄的足迹。

今夜，每一个人都可以是真实的镜头人物，也可以是人家的热心观众。

五

今夜，我还想见识周庄的儒雅，不是沈万三，不是柳亚子，也不是叶楚伧，尽管这些人物也儒雅过。也不是他们生前留下的富丽堂皇的建筑，那不过是财富的纪念碑。恰恰是民间那些还活着的匾额、雕刻、门联等，才是我欣赏的大众儒雅。或许，因为诗书传家、攻读入仕的理想永远占据了周庄人心灵的一隅，成为心灵中最敏感、最多情的一部分，是他们对宗族历史的深情回眸，以及自我的温情抚慰。他们把儒雅镌刻在匾额上、雕琢在额枋上，呼应来自并不遥远的祖居地的期冀，呼应内心不曾被财富湮没的对诗书功名的向往。

也许，建筑装饰的炫耀意识在屋主心目中，与文化纪念无涉，而是非常现实功利的。也许，这一功利的企图关乎人们的宗族、地位、名誉以及各种利益关系。标榜的文字只是其表，而儒雅的影响还是深入建筑的内心了，成为它的骨髓和精血，成为它的灵魂的一部分。那弥漫在建筑上的教化意味，与热衷于教化大众的社会氛围，是息息相通的，也是复活的儒家教化精神之滥觞。它与民俗信仰水乳交融地结合在一起，获得了线条、笔画和颜色，以雕刻、书法、绘画等艺术形式呈现在乡村日常生活环境中，润物无声地滋养着人们的心灵，从而唤醒人们协调、修养内在心性的自觉。

是的，世事无常，人心不古。

在今天，那些充斥于祠堂、戏台、书院、牌楼乃至民居内外的教训和推崇，还能怎样约束人心、清洁民风，那是颇可置疑的。甚至，在那摩托骑进古巷、门楣抹着口红的现实环境里，我怀疑所谓耳濡目染、潜移默化的作用。但是，不管今人是否普遍接受，它们的确以其鲜活的思想和感情存在着，顽强地传授着历史的精神和经验，以其镜像映出血脉里的那份儒雅，是它们保全了人们对宗族历史的文化记忆，并为我们描绘出历史生活的精神气韵。

六

今夜，哪怕我走累了，随便在桥头靠一靠，歇息一下，就已经成为了别人的风景。也许，我只是人家镜头里一个不起眼甚至模糊的剪影，却因得了周庄的福泽，才有幸收进了陌生人的影集里，而全然不知。若是在这样的情境中，在那么多擦肩而过的陌生面孔中，遇上现代版的小龙女，或者说人家只是对我微笑一下，就过去了，那也是美好的。

请不要怀疑我此刻意念的纯度。

歌德说过：唯有太阳有权力身上带着斑点。

我说：今夜，一切美好的细节都是月亮的种子，发着相思的嫩芽。

请允许我，再回头看一眼渐行渐远的背影，让那一瞬的美丽定格在记忆里，温馨而持久。回到客栈，喧嚣落定，周庄安静了。不远处的河水里，几粒蛙鸣衔着缕缕月光送过来，如水、如梦、如幻，把伫立窗前瞭望的我，一遍遍覆盖。明儿上午，我就要离开周庄了。

今夜，竟生出几分不舍。

最后的挽歌

一

一进聂市老街，鞭炮声就从深巷里回响着，并顽强地传到街口了。声音有点嘶哑，像风烛残年的老人的咳嗽声那样无力。真没想到逼仄的老街居然还有这等消音功能，这是我以前没有在意或忽略了的现象，其实也并不奇怪。只是我们一行中，那几个玩摄影的有点自作多情，说鞭炮是欢庆咱们的到来。事实上，就我们这帮货色实在无关古街的痛痒，只是长枪短炮的一队人马，像又要在这个地方拍什么电影似的，是要惹来古街人投来注目的眼光的。何况，曾经这里的确拍过一部不出名的古装武打片，过去几十年了，老街的人至今还津津乐道。当中有的还充当了群众演员，赚了几个盒饭吃了而感到自豪。

这次，他们几个摄影人也还算神通广大，从市歌舞团弄来了几位美女演员作摄影模特，听说还不要出场费等费用，最多是多给她们几幅艺术照片，与大家一起共进午餐，这是摄影人求之不得的好事。而我只是一个摄影爱好者，被其中一个朋友相邀而来凑热闹。这时候，老街的孩子们就欣喜地围过来，成了我们一行人的开路先锋。要不然，我们寻找那些保存尚好，且有建筑艺术风格的老屋还要费些周折。因为大家都有一两年没有过来了，这一来，老街真的变化很大了，一下子还不是那么好找的。加之，那些建筑材料早就满满地堆积在老街上，把路堵塞了，过往的人还真要费些周折方能绕得过去。有的老屋前一晌还在，现在就拆得只剩骨架了。刚才的鞭炮就是为一户人家的新居落成而燃放的。还有几栋也在拆，有一户正在挖地基，还有一户正在加班加点砌墙。尽管那种用水泥预制板盖顶的小楼房，早也开始野蛮地攻陷了这个古镇，眼前几栋刚装饰完的新楼房，在明朗朗的太阳下，它们金属般的材料折射出金属的光泽，让我的眼睛像扎进了禾芒一样隐隐作痛。尤其是那俗艳的马赛克的颜色，在青山绿水的怀抱里，是那样放纵和肆虐，浑身上下凸现出强硬的反叛意味。这种与自然极不协调的符号遭到自然环境的排斥是理所当然的。即使这些建筑材料是多么地坚固耐用，却委实不能吸取日月精华，注定与大自然抵牾相向的关系得不到调和。可他们偏偏喜欢这样的小楼房，跟风似的，一栋又一栋冒了出来，好好的一个古镇，弄得七零八落的。

二

起初来的时候，我就只想用镜头记录聂市快速消亡的历史场景，见证这座所谓的历史文化名镇，其文化的冠冕和旗幡是如何倒塌在人类精神家园的瓦砾上。我压根儿也不打算用我的文字来为它的行将就木进行最后的挽歌，或者祈祷什么？我知道我的文字是多么地微不足道，一定会淹没在越来越密集的鞭炮声中，没有丝毫回音。文字是多么地脆弱、孤立无援。就像到嘴边的一口唾沫，生生地吞进去一样，是那样地无可奈何。

这些时日里，我被什么撕咬着，纠缠着。夜半时分，还有青面獠牙的鬼魅呼之欲出，好像它们被那鞭炮声吵醒似的，在阴间永无宁日了。那种寂泣的投诉就这样把我从睡梦中拽醒，病急了乱投医找错了门道赶也赶不走。离地三尺有神明，我算是撞见鬼魅了。谁叫我这些年对久远年代的老屋及古建筑情有独钟呢？我自己也不知道从什么时候起，老屋成了我精神家园的固定的心灵符码，有着跟人一样的思想和情感，并像神明一样指示我们的来路，并理解我们先人的生活历史和面对苦难的生存智慧和意志。

何况聂市古镇的来历并不简单。相传此地为三国东吴名将黄盖恭迎孙权车驾之处，因而得名接驾市，后演绎为聂家市，再到今天的聂市。传说难免带有添油加醋的成分，演义的成分，而不足为凭。可这里是三国时期的一个重要交通枢纽不容置疑。因为挨近长江，可想而知，昔日这里水运发达，商贾云集，有"小汉口"之誉完全是可能的，这样我便可以想象聂市古镇曾经的繁华与喧嚷了。相形之下，而今的聂市有如沸点过后的一瓢陈年冷开水，漾不起半点激情来。

一切归于宁静，似乎是自然规律。其实，也是时代变迁的结果，带着某种宿命色彩。正是这种强烈的对比反差，让我们这帮搞摄影的好色之徒，找到了一种视觉上的快意，并以现代美女置身于这种极不协调的场景里，产生一种另类的审美效果。

三

几年前，我为收集古建筑的雕刻艺术资料专程来过一次。是慕名而来，一位搞民俗研究的朋友告诉我，要是再不来，过不了几年，只怕就再也看不到了。那时候，古镇还比较完好。虽然，也有一些老房子破败了一点，如果加以修整，整旧如旧，是能重新焕发精神的。我那时还想朋友太夸张了吧，这么好的古镇谁舍得拆除呢？何况，这本来就是不错的旅游资源，只要稍加整理、规划，其前景并不亚于民间故宫张谷英村，甚至在文化上比张谷英更厚重，更具欣赏价值。尤其是老屋的雕刻艺术极具个性，古朴而精致，是老祖宗留下的珍稀遗产。

我喜欢游历古村古镇的民居，并对久远年代的建筑艺术抱有兴趣。在聂市，我把比比皆是的雕刻看作古镇最主要的表达手段，最重要的语言形式。因为这是以砖、石、木等硬材料为介质的艺术语言，是古镇建筑的思维和情绪，眉目和神色，是余音绕梁的欢喜，袅袅飘飞的祷祝，稍纵即逝的惶惑。我们对古镇老屋的欣赏，在很大程度上是依靠欣赏雕刻艺术来最终完成的。那是一个必不可少的对话过程。它用线条组词，用形象造句，用贯通古今的语言，为我们描绘出历史生活的精神气韵。同时，它又超然于历史，不屑于陈述和再现具体的历史事实，甚至连时代背景也被隐匿得需要专家来考证，这就使得它的表达既生动又神秘。富有历史感的神秘性，正是我们想象历史的巨大空间。因此，对聂市民间建筑艺术的审美，离不开对遍布其间的雕刻作品的深入体味。也许，这正是我们探究历史、访问民俗、窥察过去时代的社会心理的必由之路，正是我们理解古镇建筑，印证审美判断的可靠参照。由那些雕刻作品所传达出来的东西，往往要比族谱所提供的更充分、更传神，比人们口口相传的更真切，更准确。

然而，我们对雕刻艺术的鉴赏和研究是十分薄弱的，能见到的大多是驻足于一般的介绍，对作品的文化内涵少有观照建筑整体的考察，而且是把作为艺术的雕刻一概视同于那些文物来证明历史。所以，那样的介绍文字，无法捕捉雕刻艺术通过生动的形象所蕴藏的鲜活的思想，以及丰富的情感。即便其中间或流露出一些艺术品评的企图，大致也不过是感官直觉的粗疏印象。倘若停留于直觉印象，我们的艺术审美极可能被其所蒙蔽。

在聂市，我们常看见的兽头吞口，是按风水理论的讲究，用以驱邪止煞，逢凶化吉的神物。当人们在建房受到各种条件限制无法如意选择宅基时，将它置于大门上方，就可以避邪纳吉了。人们形容这类辟邪物无不以狰狞可怖一言以蔽之，极少有更为细腻且准确的感受。这些避邪之物有木雕的，也有石雕的，木雕的一般都会突出面部的某个部位，或是怒目鼓暴，或是龇牙咧嘴，或是鼻子硕大，给人第一印象的确是凶神恶煞的古朴形象。但是，仔细再看，这些形象都传达出的相似的威慑力，往往在被夸张了的细部，于整体形象的明暗、凹凸、刚柔、曲直的对比关系中得到协调，总有一些柔和的线条中和了狰厉，使獠牙种植在似笑非笑的暧昧之中，使怒目被围困在面颊肌肉的丰润敦厚之中；有的则以繁复的鬣须强化它的轮廓，使得本来粗犷、威严的形象竟带有很重的装饰意味。可以想象，它们的表情要比狰狞复杂得多，神秘得多。在狰厉与温和的对比之中，我们能体会到一种隐隐的荒诞感，萦绕在上翘的嘴角边，矛盾着的眉宇间。它融合了兽性和人性，体现出强烈的中庸意味。

有意思的是这种意味在其他各种雕刻雕塑作品中也能读到。我见过的石狮，还有木狮，往往通过脑门、鼻子等细部的夸张，突出它的憨态，威风凛凛中竟有和风习习，雄强威猛的形象变得温厚可近，有的甚至是慈祥可亲的。

四

此刻，我眼中的聂市，沧桑感浓郁得化不开，它是受损坏的老墙，是腐朽的梁柱，是找不到钥匙无法进入的古宅，它又是古井旁新鲜的湿迹，是门楣和窗户上依稀可辨的文字和图案，是坐在神龛之上的那尊供奉的雕像，也是大门上高挂的红灯笼。它的历史无须到故纸堆里去寻找，它印在身后的那条河水里，装订在高高的木楼上。雕刻精美的门头，就是它的封面，气派的大厅迎来送往的故事就是内容了。这一栋栋做工精美的大院和阁楼，又何曾不是财富的纪念碑。望着它们的老去、颓败，又何曾不是金钱的墓志铭？

当好色之徒们的镜头，对准搔首弄姿的美女时，我的目光落在一栋老屋唯一幸存的一对石狮子上。这是一对完好的石狮子，就在我短浅的目光接触的瞬间，相视无语，无语话凄凉。不懂世事的孩童们在骑狮逗玩，而狮子早就没了脾气，温驯得连一声叹息都没有了。曾是门庭威严肃穆的象征物，已然感到大势已去。在我眼里，这片残垣断壁的表情是矛盾的，虽然天庭饱满，却黯然无神。虽然地角方圆，却满目疮痍。几分依稀尚存的威势，竟浸透了苍凉之感，委实让人感怀。也许，这些老屋物是人非，几度易主。仰望梁上空空的燕窝，檐下空空的眼神，恍惚之间，我会觉得人与燕都是寄人篱下的匆匆过客。甚至老屋遭到遗弃也不是稀罕的际遇。从而注定要从院子里长出青草来，成为雀鸟的驿站，蝙蝠的天庭。

人知道需要雨露阳光的滋养，老屋更知道需要人的滋养。有了人，老屋的砖石木材就有了体温；有了人，梁柱及飞檐就有了鼻息；有了人，破裂的青瓦就会呻吟，残缺的雕花也会喊痛。我的痛心疾首源于那些大把花钱，去买文化名镇的冠冕，而对保护这些仅存的文化遗产喋喋叫穷，掏不出一个子来的那些官僚。我不知道，他们顶着这顶来之不易的冠冕招摇，是出于什么样的人文精神和心理？我想：在中国还有许多这样的古镇和村落遭到不同程度的破坏，有的是因为开发旅游，拆旧建新。有的还完全是进城打工，赚了一点钱回来就复制城市文明，赶一个火柴盒式的时髦，把一个价值不菲的老屋扒了，盖上一栋栋不伦不类的现代建筑。我不说，对一个个并不富有的普遍村民，这一拆一建是多大的浪费，辛辛苦苦打工挣来的钱就这样没有了，为了建一栋两层、三层的楼房，有的还背负着沉重的债务，俭吃省用，生病还舍不得花钱上医院。有人告诉我，这完全是人们的价值观念发生转变，大家相互攀比的结果。

我不说，交通发达、信息畅通等现代文明对他们有多大的危害，我假设他们从没走向村外，也没有让世人发现这个能代表江南风物的古村，它还藏在青山秀水的臂膀里，任其生生息息，这或许还是一种最好的保护方式。当然我只是做一种无奈的假设，事实上是不可能的。两种文明的遭遇与对接，强弱显而易见。要知道，现代文明正以摧枯拉朽之势，冲击着生长在农耕文化土壤上的宗族文化的意识，其速度和力度实在难以置信。遥想当年，强大的政治力量辅以极端的手段，也不过是伤及宗族文化的皮毛或筋骨，使之暂时偃旗息鼓。而现在新的生活方式，却能轻易地把人心给掳掠去了。从这种集体的性格心理中，一介书生的我，知道文字拯救不了洪水猛兽一般改变的人心，却仍然固执己见地呼喊。或许能喊醒潜附在人类血脉里的因袭。我是多么地自不量力。

五

身后的河流，还在忧郁地唱着一首陈年老调。这时候，我把摄友们种植在老屋里，随光影与线条舞蹈。我独自来到河码头，和鸣河流的忧郁。码头自然有些年月了，比我见过的所有白胡子老头都大多了。码头的基石竟然是石碑铺成的，每一块上面都镌刻了文字。但字迹风化或磨砺得已经模糊难辨了，这些想不朽的文字是歌功还是载德，就不得而知了。知了的是这些石碑在码头躺成了一堆堆文字的骸骨，倒映在清澈的河水里，洗涤一个年代湿漉漉的灵魂。

江岭的夜有多长

　　一路的雨水浇灭了入徽的星光，也浇灭了婺源沿途村落的灯火。夜，大海一样绵延，无边无际。我们长途跋涉，去看江岭的油菜花，以及这里水墨般的徽派民居。抵达江岭的时候，已经是凌晨一点钟了。雨就像我的急刹车，突然打住了。先后敲开了村子里所有的客栈，都已经曝满了。看来我们要露宿江岭的山野了。

　　深更半夜，四围的山峦都寂静静地睡着了。

　　而山风像不爱睡觉的顽童，趁此机会溜下山来。本来山腰和山脚的油菜花早也和山峦一样睡觉了，经山风这么一撩一弄的，睡眼惺惺的油菜花，便有了磕磕碰碰了。你挤我一下，我就推你一把。像幼儿园放学的小朋友，一时间没了秩序，乱哄哄的，挤得大伙香气淋漓，还不肯罢手。

　　我老远就闻到了油菜花散发的那股馨香气息。感觉山风仍在幸灾乐祸，好像今晚不搅得油菜花们发动一场家族之间的战争不罢休。这时候的山风已然一个野孩子，看见油菜花的这般模样竟然有几分得意。以为在这个雨后初晴的夜晚，没有月光和星光，就没人能知道是你这个淘气鬼的恶作剧。

　　当醒来的油菜花们手挽着手，像大海的波浪一样汹涌澎湃，似乎已经完全失控了。山风这才知道闯祸了，就开溜！从山腰，蹿到了山脚。居然还吹着风哨子，大大咧咧地进了村庄，看那副德性，脚不住、手不停的。一会儿，摇摇老屋前的那树梨花，吓得梨树的花蕊乱颤，生怕从枝头被撵下来；一会儿，推推老屋那闭紧的大门，好像它也是从很远的地方赶来借宿的。

殊不知，一路奔波的我及同伴们还缩在车子里过夜。

从三月初的油菜还没扬花起，天南地北的人就流踏青而来。一下子涌来那么多的外乡人，小小的江岭撑得肚皮子胀破衣裳，胃功能又岂能消化得了？看那停满公路两侧的大小车子里，不时还有阵阵的嗑声逸出来吗？尽管他们先我们抵达江岭，可他们的际遇和我一样，实在有点惨不忍睹。

说惨的，还有谁家坪子里的那树桃花。其实，也不全关山风的事，是那桃花自个儿一瓣一瓣地跌了下来，仿佛黛玉的眼泪纷飞。当然，桃花并没有去惹那山风。我作证，是那只躲在桃枝上睡觉的花猫窜了下来乱了方寸，刮痛了桃花的身子。桃花仍然怪罪山风，没有一点风度，不晓得怜香惜玉。

而那只花猫躲得无影无踪了。

似乎这一切是在悄然之间进行的，抑或是村庄对眼前发生的一切习以为常，全然没有半点知觉。仿佛村庄睡得比山峦还沉，想象那屋里的人都做着美梦，美滋滋地不泄露半点。

今夜，露宿山野的我，也想融入这甜美的梦境中，却委实无法入眠。仿佛举世皆睡，我独醒似的。的确，来到一个陌生的地方，一切是那么新鲜、透亮。我实在做不到随遇而安？

凌晨两点了，放眼一望，远近天际黑压压的一片黝黑。

一个人独自下车。借着打火机微弱的火光，我在马路上来回走动，又不敢擅自走远。如果天气还好一些，如果天空挂了一轮明月，那情形又不一样了。至少我还能无所顾忌地欣赏夜色，纵情夜景。大凡一处好山水、好风物，不止白天才适合观光，夜晚呈现的姿态与白天的绝然不同，甚至还带有某种神秘性。

今夜，没有日月星光的照耀，我心里告诫自己不能太贪图红尘俗物，口里却念念有词：既来之，则安之。就像泥泞是水的尘埃一样，在这条泥泞的小道上，我提起裤脚小心翼翼地走……香烟在手中一支支明灭。我不知抽了多少支，也没有点亮天上的星空。手总是下意识伸进口袋里掏烟，发现只剩下一个空盒子。一下子，便觉得这个夜晚长了许多，也空洞了许多。正愁拿不出什么来打发这个漫漫长夜，只见一盏灯忽然亮在那家挨山脚最近的客栈里，像点燃了我抛出去的目光似的。心，咯噔一下，也就亮了。

这时候，我这个三百度的近视成了明眼人，像百米冲刺的运动员一样，没有丁点迟疑，奔向了客栈。仿佛那才是我的岸，我的终点站。我的出现，把那个店老板着实吓了一跳，那哗哗流响的声音戛然而止，好像如临大敌一样，两眼直瞪我这个不速之客。在距他丈把远的地方，我收稳了脚步，连连喊着：对不起！并说明了来意，他这才如释重负。我跟着他走进了堂屋里，如愿地买到了香烟，他还给我让坐，并端了一杯热茶说，愿不愿意打地铺？就有了我与他的聊天。

这位胡姓的店主其实蛮年轻，今年才三十二岁，看上去却比实际年龄要大十岁。那黑黑的皮肤显得有些粗糙，身板子却鼓墩墩，水牛一样壮硕。看得出有使不完的力，一定是庄稼地里的好把式。胡老板埋怨我不早些联系住宿，人家个把月前就订好了房间，大多是在网上预定的。他还告诉我：他家种了十亩地，过去主要靠田土养家糊口，祖祖辈辈都是这样过来的。做梦也没想到，那开了几百上千年的油菜花会在一夜之间，成为他和他们江岭人致富的兆运。天南海北的人，一齐朝这里拥来。就是没有油菜花开的季节，游客们照样络绎不绝。可以说是逼着他赚钱，客栈由此应运而生。至于你们千里迢迢而来，又哪个地方没有油菜花呢?

是啊,在中国农村,几乎处处都能看见上好的油菜花,为何江岭偏偏成了油菜花的故乡?大家纷沓而至。这一点,我也没有探悉明白。何况,我又不是一个哲学家、思想家,会从人与物的精神层面上分析,甚至对这个地域刨根问底,弄个水落石出。我充其量是半个诗人兼摄影爱好者,人家说江岭三月春光好,相约说来,我就来了。

从店主家出来,已经是夜半三更了。

我仍然没有回到车子内打盹、眯一下。便觉得自己不像一个山水侠客,而更像个守更的使者,驱赶着黑暗,迎接着光明。

这个时候,连山风也收敛了起初的野性,安安静静地伏在油菜地里,仿佛也累得趴下了,一动也不动的。山风不闹了,那些不知名字的虫子就钻了出来,也不知是谁惹了谁,踱在这条还有泥水的乡村公路上,我听见那虫子们喋喋不休……一声长,一声短的,有时还争吵得激烈,不知什么事情白天没有扯清楚,晚上睡一觉醒来接着吵。反正,我一句也听不懂虫子的语言。我像到了国外一样,非得请一个懂外文的翻译,方能弄清谁是谁非。管着虫子们闲事的人,在这个夜晚恐怕也只有我了。兴许虫子那点屁大的事,才不劳驾我这个庞然大物。好像自己也是一条不安分的虫子,游离于田野阡陌之间。

隐隐地,就听见了水声。

沿着那水声指出的方向,我一路寻觅过去,仿佛是寻找夜的灵魂。

今夜,身处异乡,便有了漂与泊这两种感受:水是无依的,漂泊也是无依的。水是凄柔的,漂泊也是凄柔的。水是悠长的,漂泊也是悠长的。漂是动的,而泊是定的,漂无方位而泊有。

那么,今夜的我,是漂,还是泊?我要让这溪流的水声来回答。

今夜的我，忽然想起那个唐朝的李太白？或许，"念吾一身，飘然旷野"，暗夜无边，只有孤灯一盏，在夜风中摇曳。心境虽有相似，但际遇仍有不同。与李太白的漂泊相比，我偶尔的游山玩水，只不过是短暂的放风时间，我才会尤为珍惜。

此刻，盈耳的溪水声渐近，且清爽爽地脆响在我的脚下，格外亲切。

借着那丁点的天光，顺青石板铺的仄道，过了一座石拱桥，看见一块石跳伸入溪水中央，我走过去，索性蹲在石跳上，聆听溪水快乐且无忧的跳动。

她穿过几千年的岁月，仍旧有韵地流淌着，跨越时间和空间，朝着永恒奔走……

尘世的烦恼，在清明的溪水中得以洗涤。溪水幽婉，一边抚慰着我受过伤的心灵，一边哼着清朗朗的水韵歌谣，把我心境洗得恬淡透明，清澈见底。

所谓禅宗的彻悟，大抵不过如此。

浸染在江岭水气盈盈的夜晚，也许是我前世修来的际遇。

古村过客，或溪水的歌者

在享受了江岭漫山遍野的油菜花带来的视野盛宴之后，于折回婺源县城的路上，拐进了理坑。我一声不吭地来到了这个栽在溪水中的村庄，像水稻栽在田地里一样意味深长，令人乐意像农人那般，去探究水稻是如何扎根、分蘖、发孕、扬花一样，去寻觅理坑那神秘的生命历程。

沿着德夯式的峡谷，老远就有一条潺潺的溪流擦过我的视线，像云朵擦过悬崖，掠过丛林的缝隙一样，那么飘逸又那么义无反顾。她穿过村庄，穿过理坑千年的时空，带着村庄的些许烟火味，还有那如雪似絮的浪花，毫无理性地与村庄背道而驰。她没有向村庄禀报她要去的地方，好像只要离开了这个山坡地带，去她愿意去的地方，那沿途的曲折与艰辛，她会当作一种快乐来歌唱。一路的浪花就是她用生命演绎的歌声。溪水，溪水，我只想陪你浪迹天涯。一条溪水能走多远，我不知道。只要谁接住你流浪的脚步，你就是谁怀里今生今世永恒的情人。是江河，抑或是湖泊，你都能成为他们一生的挚爱。也难怪你能以柔克刚，呈现那么坚定的个性，挣脱大山的怀抱。

于村庄来说，你是叛逆的。但村庄还是包容了你，也放纵了你。村庄是你永远的源头。村庄先前不叫理坑，而是叫理源。

照我的揣摸，这个"理"有理解的意思，也有传承理学的意味。而源既有源头之意，又仿佛天生就是溪水的化身。上苍造物，给了你国色天香，你却成不了村庄的女儿。你要知道，你在理上亏了理源，也坑了理源的女儿，让她们再也没有机会走出理源。村里的女儿妒嫉你，羡慕你。最早的妒嫉就真是一种女儿病，后来村子里读过一些书的长老们，就把理源改叫理坑了。兴许我的理解不足为凭，而村庄没走出多少女儿，便是不争的事实。因为最早的村庄没有几户人家，散落在大山的臂弯里，为何能到现在沿溪两侧屋挨屋，挤出蜿蜒的长龙阵，又遥相呼应，怕有几百上千户人家厮守着这方土地，相望相生，一代一代繁衍着理坑的血脉。长此以往，理坑的女儿都成了理坑的女人，承担着另一种责任与使命。也有一些做了大官的人，是相中了这块风水宝地，还是看上了这里溪水一样灵秀的女儿，他们隐逸在这个村庄里？带着种种的疑惑，我向理坑交出了我全部的好奇。

一段长长的山路之后，理坑向我敞开了胸襟。走在蜿蜒的青石板上，抬头望一眼清一色的灰白高墙，与那黛色的瓦，还与并不稀疏的松呀竹的倩影互衬，加上那东一棵桃花唱红，西一株李树歌白。那古道、那石梁、那灵动的溪水交错生辉。那徽派风格的风火山墙，以及高耸的垂脊和起翘，映衬着那层层叠叠的远山，呈现出多种立体色彩。在这三月的春光里，淡雅中透着几分明快和清朗。这时的理坑，宛若在水一方的小家碧玉，那片片黛瓦成了她高绾的发髻，一泓浪花堆雪的溪水，便是她盈盈眉宇间的秋波了，无限缠绵且柔情万种。年年的春草如法国的丝绒，在理坑的土地，淹没了南来旧辙，北往新履，有点像白居易的离离原上草，一岁一枯荣。那村口梨花白了桃花红，不知灼痛了多少痴男信女的眼睛。遗梦的廊桥上，又会有无数送往迎来聚散两依依的叹息声。顺着石板桥两道的石级上，村子里的女人们，正在驳岸的溪水里浣洗衣物。只听见那棒槌的声音此消彼长，有如断续寒砧断续风。把那人间的烟火味交给溪水送出了大山。

穿小巷，过弄道，仿佛进入了封存好久的南宋年间，墙影幢幢，古韵留香。一棵树、一片村庄，追溯起来都是千百年的如影往事。每一扇木窗，一幅雕刻，都在开启多少断灭的故事的首页。徜徉在理坑的村落里，恍惚走在上古的民俗里。那重重的木门虚掩着翕合的嘴唇，是否想吐纳积聚已久的心事；那门环上生锈的铜锁，又是否锁了一屋子的风光流转的乾坤？那裙袂轻盈的女儿，此刻，你又待在哪重门庭里的阁楼上，对镜梳理心事？庭外的桃花不负春光，你桃花的脸庞可曾春意盎然？门外的书生站了许久，不见你的心房。凡夫俗子又怎能看见你悄然撩开的门帘，以及门帘后面藏着的那对潭水一样忧郁的眼睛。转身而去的书生低吟浅诵着一首咏春的古词

拍岸春水蘸垂杨，水流花片香。弄花嚼柳小鸳鸯，
一双随一双。帘半卷，露新妆，春衫是柳黄。倚阑看处
背斜阳，风流暗断肠。

词音刚落，一柄红纸伞掠过，那是谁家的女儿？人影修长，一袭红妆，发也飘飘，看上去就如花骨朵儿般的美人，养眼！惹来身后几个扛长枪短炮的摄影人追逐着。在灰白主调的巷道里，红妆的女儿是多么鲜活，如白云之于蓝天，鸟儿之于森林，火把之于黑夜的那种气象。待我也从包内取出照相机时，那游动如红霞的风景款款飘进了小巷的弯道了。当我走到拐弯处，又出现两条巷道，左顾右眺，那团灼人眩目的火焰已经消失。便感觉目光过处，小巷的色调暗了许多。忙截住一个迎面而来的摄影人，才知道是一家时尚杂志请的封面模特，说人家众星

捧月进了一个大宅门吃午餐去了。我穿过几条巷道也没找着那个大宅门。这里每一个院落都有一个大宅门，足以让人想象出曾经拥有的辉煌，且看到风雨中人生的难以预料。望着寂静空寞的走廊和枯槁剥落的梁柱，有一种如梦如烟的感觉，因为这一切似乎过于真实，又那么虚无飘渺。今天与昨天，历史与现实，就在一扇门与另一扇门之间，推开就有阵阵不可抗拒的陈年往事，或惊心动魄，或如泣如诉，像蒙太奇一般演绎。仿佛要再次向这个世界昭示，她仍在江西绵延不绝的群山之中，在一个时代之于另一个时代的时间之外。此刻，在我缄默的同时，村庄也是缄默的。我在毫不费力地感受到昔日荣华后面遮盖着的凄婉和哀怨。我的一声短叹湮没在村庄的长叹声中，没有回音，又似乎处处荡着回音。

有人说：古时的理坑是官宦人家的桃花源，也是婺源县域内旧官宅府第最多的村落。史书上有记载的官宦就有三十六个以上，其中进士十六人，至于文人学士不计其数。行走在曾是官邸名府，而今已然成为斑驳的民宅，看着那基脚之处浓生的苔藓，一种历尽人世沧桑感涌上心头。古来追逐功名的，有几个不会在心里生出隐隐的寂寞。不然还乡之际，何以修建如此豪门大宅，一掩风尘飘摇几十载的身躯，封闭所有的笙歌琴音。脱巾独步的少年逸士好当，沉剑埋名的退隐之臣却无法策马高游，少了那份敢把浮名换作浅吟低唱的洒脱与豪迈。抬头，蓝天仍是唐宋的蓝天。即使千年的风云际会也不曾改变天空什么，天空下的一切却在悄然变化着。一不小心，你生风的脚下就踩了依稀凹现的字迹。哪是前朝或更久远的墓碑，不知因了何故委身于此？上穷碧落下黄泉，一生的总结还在近乎蛮横地对抗着所谓的时光和湮灭。斗转星移，沧海桑田，谁能说得准铁马金戈黄袍加身的英雄，身后记载丰功伟绩的碑石，不被过路的樵夫用来打磨刀锋，或者被顽皮的孩子撒上一泡童子尿也在所难免。我甚至在某个地方看见这样的碑石，居然铺在农人的猪圈里，那是怎样的一种悲哀？许多人世的哲理和命运机缘混合在一起，真的是匪夷所思。

我久久伫立在村口风雨亭，看着那些穿着节俭的村民，个个憨厚而淳朴，有时不经意露出的笑容里，盈满了理坑人特有的豁达和亲切，以及那些在亭内跳橡皮绳的小女孩，她们天真无邪，没有丁点忧虑，不禁让人意会到幸福其实就是对平凡生活的满足，简单而快乐。

心中还有太多疑惑，我却不能逐一去解读与释怀，必须匆匆赶路。不能像渔父那样自由快乐，只能默诵南唐诗人李煜的《渔父》，来慰藉一下我那渴望自由自在的心：

> 浪花有意千里雪，桃花无言一队春。一壶酒，一竿身，快活如侬有几人；一棹春风一叶舟，一纶茧缕一轻钩。花满渚，酒满瓯，万顷波中得自由。

此刻，不是每块土地都拥有属于自己的歌者，但在理坑溪水淌过的土地上，以流光一般的节奏唱出平静的歌来。这歌声必然是温暖的，就像雨后朦胧的烟雾，透过烟雾可以隐隐看得见歌者的影子，于水汽氤氲中，这影子带着婉转的歌声，又没入人群深处。

其实，理坑也经历了太多的曲折和跌宕，太多的风雨和沧桑，太多的误解和沉默，还能保持如此的平和心态实属不易了。这是一种什么力量在悄然支持着理坑呢？难道是宋代的朱熹，从婺源走出去时，已经把理学的种子埋进了这块土地，果真如此吗？

作别西天的彩云，回头望了渐行渐远的理坑，我把一天所有的觉悟和丈量的脚印，交给了村庄，把看守村庄的重任还给了大山，而注定成为村庄的过客。一路上，我仍是芸芸众生中的凡俗之子，以鞋为船，划着双手的桨，沿了溪水的流向浪迹，也算是心灵对溪水的一种照应，抑或是一种共鸣，不枉我来过一趟理坑。

一个村庄的气场

一

多少次，去张谷英村，来去匆匆。

去多了，我甚至对去的想法产生了动摇。再也不夫了吧，心里又惆怅得厉害。有点像什么隐秘之物于无声处潜入，游离在我心窝周遭，时不时地抓挠你一下，痒痒的。一直以来，我就想不明白，为什么去过之后，我心里又空落得很。

像冬天摇曳在树枝上的一片叶子，又不曾坠落。

显得既茫然，又孤寂。

多少年来，对于这个坐落在湘北渭洞盆地的古村落，我就没有一次踏踏实实地走进去，几乎都是蜻蜓点水地过了一下，又悄无音息地离开了这个明清大屋场，生怕被什么拽住似的。

有次还差点莫名地跌倒在古村落的深巷里。

我甚至说不出这种繁杂的心理到底纠结了一种什么情感？让人理不出一个头绪来。有时觉得六百多年的老屋处处呼啸着鞭影，在我的背后凉浸浸地飞来。感觉连阳光都是阴森森的。还疑惑自己遇见了巫风鬼魅，真的不知我是被吸纳进去的，还是被驱赶出来的？

我与古村之间，隐约像个磁场的两极，不知村庄排斥我，还是我排斥村庄？抑或是两者都存在。我陷入两难境地。进亦忧，退亦忧。出得村庄，我像个海洋的夜航者，而这个蹲在山坳的古村，会像水中的礁石垒成的岛屿，在我心绪落潮的时候，又突然冒了出来，横亘眼前，连喘气声都那么真切。

我一次次说服自己，看看，再去看看。

或许它的存在，与我有某种隐秘的关联？

二

2010 年 10 月，我陪几位外地来的文友再次前往，就开始渐渐相信宿命论了。仿佛我上辈子欠了古村什么似的，要我今生来偿还？虽说我也姓张，而此张非彼张，没有半点爪鸿印迹。我梳理过我家族的来龙去脉，才如此肯定的。难道是我内心隐密处饥渴着一种神秘物质的填充吗？我把这种感觉归纳为人与生俱来的怀乡情结作祟。就像每一个心中有个江南梦一样，人往往会对柔软的、静谧的、美好的情愫有所向往与追求。

在我们湘北，以一个人命名的村庄并不多见。

张谷英究竟是一个怎样的传奇人物？

我曾在另一篇随笔《一段无法睡去的章节》里有所表达，无论是官方的，还是民间的，信息资料都是惊人的一致，那就是他做过明朝指挥史，相当现在的省军区司令员的级别。至于他为什么要隐匿在这个山重水复的地方，至今也没有人真正破译出原由。甚至连他们的族谱也没有准确记载，所谓厌倦官场也好，躲避仇家追杀也好，那些都只是后人的猜忌。

猜忌往往给人笼上更神秘的色彩。

中国历史自古就是帝王家的家史，被粉饰的事情屡见不鲜。又何况一个村庄史，即使被美化，也就不足为奇了。

再一次来到张谷英村，在我没有任何思想准备的情况下，感觉村庄莫名其妙地接纳了我。这天，我看见这里的每一栋老屋，俨然就是一位阅尽人间苍茫的仙风道骨的老人，还似一位洞穿了世事兴衰和命运沉浮的哲人，优雅而郑重，从容且深沉。

我俨然成了村庄的主人，向远道而来的客人们说起了古村的民俗信仰，生活情趣，宗教观念，以及生命意识等话题，如数家珍。

三

游历张谷英村，有许多游客，甚至包括一些建筑专家，对这个村落的下水道构造饶有兴趣，这无疑是一个谜团困惑了许多人。因为无论多大的雨水，村庄都利利索索，从来都不曾漫溢雨水，雨水又到底流到什么地方去了？

有一次，我与几位民俗专家雨游张谷英村。

雨水是突然落下来的，风雨际会，雨大得像浇下来似的，生出迷漫的雨雾，我们几个被困在一个大院里，索性停顿下来，东家搬出椅子让我们落坐，我干脆坐在天井边，看雨水沿四方屋檐瓦槽坠落，那画面疑是四帘瀑布，我的耳朵接住的除了潺潺的雨水声，还是雨水的声音。其他的声音压根儿被淹没被忽略。以至东家端着茶喊我喝，连喊了几声，我完全沉浸在这种天籁之音里，失了礼仪。

我的目光落在天井里，只见天井里并没有积水。

雨水遁隐了。

雨水都到哪里去了呢？

偌大的村落仅一条绕村循环的渭溪河。与其说是河，那么逼仄的一两米宽，再宽不过三、四米吧，还不如说是小小的沟渠，何来如此大的消化功能？即使地下有强大的水网系统，从来也没有人来疏浚过，按理也会存在堵塞或塌陷什么的，靠的什么来保障天晴不遭旱，落雨不积涝呢？

这天晚上我就在村子里过的夜。

我做了一个奇怪的梦：我梦见六百年前的张谷英弃武隐匿在这个风水宝地。若干年后，年迈的张氏又喜得贵子，乐得大摆宴席，恰逢天降大雨，水从天井灌下来，漫上了台阶，眼看房屋就要被淹，张氏疑惑得罪了天神，慌忙祷告苍天。只见几只金龟从天而降，不多久，水就消退得无影无踪。

后人不厌其烦地赞美张谷英村占据了一方风水宝地，还有人说：张老先人本身就是一个风水先生。我对堪舆文化没有研究，不能为其佐证。但客观地看，如果没有人们对风水学的认同，以及所谓的堪舆先生们对山川地理的一番神秘诠释，很难设想不断繁衍兴旺的古村人会有如此珍视山水生态的自觉。人们对风水的讲究，从选址、定位、规划和布局上精心安排，一定程度上体现了天道与人道、自然与人为的关系，和中国人的"天人合一"价值观、审美观相吻合。要知道，古村并非一开始就有如此宏大的规模，而是数百年渐趋演绎过来的。今天黑黝黝的一大片，形成完全的村落，且又能与自然协调相融，我不得不对先人的前瞻性心悦诚服。

四

也许，安居乐业，人丁兴旺，才是张谷英当初最现实、最淳朴的期望。

已经开始骚动不安的古村，成了我心中最大的忧虑。

固守贫穷落后不是人们的选择，而一旦追求"先进"，又不加以节制，结局是可想而知的。处理好保持与发展两者的关系，无疑需要更多的理性与睿智。

我以一个诗人的身份走进来，总是带着美好的愿望以及诗歌的想象力，我想驾驭时光的羽翼，穿梭到那个久远的年代，寻觅心灵对村庄的慰藉，抑或是古村对心灵的洗涤。

我知道，想象力往往是人们置身生存苦难之中的精神支柱。

它给人的心灵带来了莫大的慰藉。

人们用自己的想象来抚慰自己。

从人和自然的关系来说，人的想象力也是人们调解人与大自然冲突的一种方式。这是一种智慧的方式，它以凶兽狰狞的面目威吓来自大自然的一切凶险和灾难，它以灵兽祥和的表情，来召唤蕴涵于天地山水间的祥瑞之气。

我曾多次身临其境地感受到他们在重要节日的祈祷气氛，这也是他们的民俗活动的重要仪式，譬如玩龙舞狮，搭台唱土戏等等，无一不烙下先祖遗训的印痕。

有一个观点说：岳阳楼是中国湖湘文化的瑰宝，而张谷英村就是民间历史博物馆，单就两者的的文化价值，我是持赞同意见的。

前些年，市里一个文物贩子来到了张谷英村，看中了某村民家的猫，大夸猫长得如何漂亮，随后便向主人提出高价买去作宠物养，主人乐得合不上嘴，贩子抱起猫临出门时背过身来，对主人说：我等下要给猫喂食怎么办？主人忙从地上捡起一只碗，这是猫碗，拿去吧！贩子接过猫碗，很快就离开了村子。

后来经专家鉴定，这只猫碗是一只明代宫廷玉碗，纯白玉，有隐形花纹，质地不言而喻。当然这故事是我道听途说的，不一定是真实的。而张谷英村的人纯朴是没得说的。

尽管这里开发成了旅游点，在这里吃农家饭，尝土菜，又便宜，又实惠。

我无意为他们打广告，能让我的朋友们吃得高兴，我就已经心满意足了。

这里的村民各家各户把自家种的菜，腌制成干菜出售，花色品种，千奇百怪。还有香干、腐乳，成为一绝。反正是自己种的，做的，没有谁卖高价宰客。我替朋友提着大包小包，是不是中午贪了醇香的谷酒，多喝了几杯，我走起路来飘飘然，找不到来路，竟然在一个屋檐下站了许久，才醒过神来。

进大堂，见一木梯子通楼阁，谁家女子的楼阁，人去楼空？

楼梯靠墙能搬得动的。我试着轻轻爬上去，踩着灰尘，上了逼窄的过道，竟不敢触摸过道褪了朱红的栏杆，一定有过几代妙龄少女曾无数次倚靠。那阳光永远只照在天井里，想象她连吃饭也是由人送上来的，转瞬又撤开了梯子。阁楼里少女的春梦，还不及天井下的一只石蛙，自由的空间还要小不少。而眼前为我们端茶水的老婆婆，当年是不是就住在上边的阁楼上？或者说，阁楼上住着她的娘，抑或是娘的娘啊。主人没有告诉我，一个村庄之所以令人流连，一定有它令人神往的地方，那是村庄内在的秘密，只有神灵知道，又不泄漏天机。

五

人不交流和沟通就会孤独，村庄也一样，渴望与天地沟通，与自然协调，与山水、动物、植物进行对话和交流。

我渴望与村庄敞开心扉深入长谈。

我知道，这些年来我做得很不够，仅在一个风雨夜回家受阻才住了一夜，古村于我还是陌生的，有隔膜的，甚至还有一段相当远的距离。

早些年，有家旅游出版社约我写一本关于张谷英村的导游书，被我婉言谢绝了。

其实，写作的目的不是为了出书，何况我很讨厌导游书，缺乏想象力，纯粹的游踪，枯燥乏味。我们许多的写作者竟然乐此不疲，写出来的游记成了导游口中熟稔的导游词。我没有深刻体验和独到感受一般是不会轻易写的。对于张谷英村，我没有像砖石木头一样执拗地融化在村庄里，万般缱绻地偎依山水，以迎合的姿态，顺应、吸纳村庄，像阳光雨水一样从不厌倦。要知道村庄已经从自然中获得了血肉、体温和脉搏，而我是想从中获得思想、灵魂和生命。

是的，古村是有灵魂生命的。

通过飞翘的屋檐，我们感受到它负载着宗族繁衍，人丁兴旺的梦想，飞越时间，在天地之间翱翔的情形也吻合国人天人合一的道家思想。我们尽可以把铺展在这里的大屋场群落，想象为宗族铺展在大地上的一个个美好的心愿，通过屋宇把添丁的喜讯或渴望告知天地，告知山川田野。仿佛那些挤挤挨挨的屋宇是仰望着上天嗷嗷待哺的一群。我这样比喻，好像人们有乞求上天垂怜的意思，无可否认的是，当密密匝匝的屋宇匍匐在大地上，或瑟缩在群山的怀抱里，我的确由这卑躬的，虔诚的形状，体悟到人们对天地，对自然的敬畏和膜拜之意。

我知道，游览者游览古村，无非是从这里的建筑中，倾听它们述说旧时光里发生的故事，寻觅其中饱含沧桑感的历史场景。在客人面前，似乎这里所有的建筑物都有话要说，仿佛它们的上上下下，里里外外充满了表达的渴望。从祠堂到住房，从建筑构造到空间陈设，从屋脊到柱基，从门楼到床花，满目皆是它的祷告、它的絮叨、它的顾盼，喋喋不休，喜形于色，语重心长。这些大量出现的形象诡异怪谲的神兽，夸张而神秘，显得狰狞恐怖。这些古朴怪异的形象特征源自神话传说，却委实反映了人们对超自然力量的笃守和期盼。

我不去纠结现代文明对古村到底意味着什么。

但古村对现代文明无疑是充满好奇的，也充满恐惧。

流连张谷英村，眺望那弯曲的来路，我忽然觉得古村似一位落尽铅华的白头宫女，青春不再，风流不再，所有的记忆被收藏起来。尚存的老屋就是她们的妆奁，其中老屋上的雕饰就是她们的玉镯银簪。由这些环佩首饰，我们尽可以想象她们当年的风姿、当年的心思、当年的顾盼。

如今，步入村落的深巷，如同走进她们深深的皱褶，深深的感伤里。

仰望梁上空空的燕巢，檐下空空的眼神，恍惚之间，我会觉得人与燕都是寄人篱下的匆匆过客，从而忽略了老屋用于安居的物质意义，忽略了老屋的空间功能，而强调建筑艺术的精美，极端认为它的存在就是为了炫耀于世人，教化于族人，就是告慰先祖张谷英，面向恒久的表达，我恐怕又患了形而上的错误。

因为古村的建筑艺术，其实也是最重要的语言形式的另类表达，这里面包含了介质的艺术语言，尽管它们只是砖、石、木头等材料，却委实道出了建筑的思维情绪，那神色、那欢喜、那祷告，以及惶惑，无疑牵引了我的目光以及思想，去捕捉绕梁的余音，思考人类生存的智慧，通过建筑艺术来与先人做一次交流和对话。而古人所有的情感倾注在这些建筑上了。建筑以线条组词，用形象造句，用贯通古今的表现手法，给人描画出历史的精神气韵。同时，又超然于历史，不屑于陈述和再现具体的历史事实，甚至连时代背景也隐匿得需要专家来考证，这种表达既是生动的，又是神秘的，恰恰给予我们对历史的巨大想象空间。

也许，这里面还有许多我未知的东西。

也许，正是浸染在村庄血脉里的神秘物质，它们秘而不宣。

六

如果说：先前我没有真正走入古村，是我太掉以轻心，以至目光短浅，始终停留在村庄的表象并被迷惑，我无疑是茫然的。

那时候，我往往更相信虚无的神话，而怀疑自己的眼睛。

　　这次我找到了隐匿时光深处的入口，就像进入了时光隧道，我仿佛看到了先前的人类，活灵活现地出现在我的想象空间里。我似乎受到一个神秘的意志吸引，就像地球围绕太阳转，我不由自主地落入谜屋的气场里，不能自拔。

岸边的瓦片

一

捡一块小小的瓦片，捏在两指之间，在湖面打出一个个漂亮的水漂漂。这是我年少时乐此不疲的游戏。

一块瓦片，我不会去辨别它的年代，也不去刨根为什么会破碎在湖滩上。这些泥土之物，在我们这地方太寻常了。只要在地里挖几锄头，还会有更多的东西出土。我只在意一块瓦片在水面到底能漂几下，才下沉。我们身处水乡泽国，多的就是水，适宜养龙。以至我们这地方，关于洞庭龙王的故事有很多，有的竟与玉皇大帝关联，与神仙美女关联，甚至也与我们普通百姓关联。如此一来，我们的洞庭湖就笼罩了神秘莫测的色彩。各种关于湖神、河神的传说在民间传播。以我年少时期的资质与学识，我无疑是相信的。至于对这块土地的历史却一无所知。还是因为水患成灾，我们这地方上世纪七十年代在磊石山下兴修大型电排，这个被我们誉为"西伯利亚"的地方，就挖出了许多坛坛罐罐，有的还十分完整。后来才听说是新石器时代的东西，距今 6000 年左右，我们的祖先就已经生活在这块土地上了。我并不去想象他们是如何生存的？但我想知道他们是不是也有闲暇的时候，也和我一样从地上捡瓦片，打着水漂漂？

二

那时候，我还有一大爱好，就是喜欢在沟渠里捉鱼。

沟渠里的水都是活水，且又清澈，照得见鱼。它让我情不自禁产生下水的冲动。

我自从离开村子三十多年就再也没有下过水捉鱼了。

何况现在也没有这种野生的鱼了，我又能到哪里去捉呢？这种爱好与兴趣也就随着时光的流失而淡化了。前些天，我进市博物馆逛逛，看见一个关于洞庭湖渔业发展的展览，把我深深吸引。许多农耕时期的捕捞工具只能在博物馆看见了，社会进步淘汰了落后的东西也是无可厚非的。可我在一个画家的画前久久驻足：这是一幅反映原始社会时期的猎渔图，我们的祖先用树木在湖滩叉鱼的情景打动了我。我的思绪一次次回到了我的村庄，我年少时期的洞庭湖。

我们那地方，水系发达，有纵横交错的沟渠河汊，水草丰美。

春天一来，水就开始往上涨，一直涨到夏季，有的年成还涨到秋天了。水涨起来的时候，汛期就到了，整个堤垸四周都是湖水，垸内成了孤岛。著名作家熊育群与我是乡党，他的散文代表作《春天里的十二条河流》把当年的情景描绘得淋漓尽致。大凡读过他这篇美文的人，无不对我们的故乡抱以羡慕与敬仰。

那时候，只要有水的地方，就有鱼，只要你下水，总会有收获。

不像现在，不仅沟渠的水干枯了，连不少河流也开始断水了。

汨罗江是最典型的。这条滋养两岸儿女的河流，早已经不堪重负。

去年我途经平江伍市至汨罗段，只见汨罗江千疮百孔，沿途的采沙船、淘金船张开欲望的血盆大口，把一条承载几千年人文历史的河流，弄得面目全非，惨不忍睹。岳阳历史文化名城唯一可以与岳阳楼齐名的就是这条江，它是岳阳文化的标签，它所浸染的湖湘文化为世人瞩目。"路漫漫其修远兮，吾将上下而求索"的千古绝唱，曾激励多少湖湘儿女奋发图强。

我不知道戴着这顶文化冠冕的城市竟然要像屠龙一样，屠杀一条给自己脸上贴金的河流而心不惊、肉不跳？极具讽刺意味的是劳民伤财的龙舟赛居然年年还在这条江下游以截流蓄水的蠢办法来举行。

要知道：现在所获取的蝇头小利，将来我们的子孙要花巨大的代价来疏浚治理。

我曾多次呼吁，人微言轻，无济于事。所谓江南水乡，已经成了过去时。

我只能从想象里，去还原洞庭湖、汨罗江的波澜壮阔……

三

我从小生长在汨罗江尾闾的一个农场。

这里三面环水，只有南面才是陆地。西面的湘江到了营田，就扑入了滔滔不绝的洞庭湖了。而汨罗江则从东面擦着堤岸，径直流入洞庭湖。其实早在上世纪五十年代以前，汨罗江并不是从南至北直接入湖的，而是流经罗城（古罗子国）来了个九十度大拐弯，经河市、黄金，在营田镇与湘江水汇合，同时流入洞庭湖的。而1958年围湖造田，就把凤凰山与玉笥山相衔接的地方炸开了一个缺口，把汨罗江水引过来直接注入了洞庭湖。而原来的河道就变成了调蓄水利的避洪渠道了。听父辈们说起，以前汨罗江入洞庭湖这截河道是这一带最热闹的水上集市，河道两边清一色的吊脚楼，一直延绵到了入湖口。当然湖口一带是最热闹的，因为从这里朝西边的水面望去，大约直径500多米至1000米的地方，就是著名的潇湘八景之"远浦归帆"。正因为湘水、汨水，还有从茶盘洲那边流过来的沅水，在湖心岛屿青山注入洞庭湖，青山如中流砥柱，钉在这三水汇集之地，逼得这里的水形成漩涡流地带，加之水流湍急，把湖床泥沙淘洗一空，潭就慢慢形成了。

从地理上看，这里与沅江、茶盘洲、岳阳、汨罗、营田的湖洲交界，湖洲水域达100多万亩，旧时隶属湘阴县。这里亦江亦湖，亦水亦洲，是洞庭湖有名的湿地，也是各种鸟的天堂。这样的地理环境，极大地丰富了鱼类资源。一到枯水季节，各种珍奇鸟类就来到湖洲过冬，而鱼类朝深潭涌入。尤其到了开潭的时候，几百上千的帆船从四面八方涌来，潭面成了帆船的海洋，鱼网的天地。水面的渔歌互答，鱼跃龙腾；岸上人声鼎沸，呐喊喧天。这一天，每条渔船都要捕上满仓的鱼，那欢快压得帆船吃水很深。这么弘大、壮观的场面又怎能不吸引渔夫家中的妻儿，早早在江边眺望远浦的归帆呢?! 就北宋米芾题诗："汉江游女石榴裙，一道菱歌两岸闻。估客归帆休怅望，闺中红粉正思君。"成了这一场景的真实写照。

一直以来，我认为不少人误读了米芾的这首诗，总把盼归的江边放在湘阴县城关的湘江边上，至今湘阴还在这里立了远浦楼，以示先入为主，有既定事实之嫌。要知道从这地方到青山潭至少有30多公里水路，假定打渔的船从傍晚开始返回，这种逆水行舟，恐怕要走上好几个小时才能进湘阴县城，这时候就很晚了，谁会饿着肚子还唱着渔歌表达捕获后的快感呢? 更何况夜深了，江面寂黑，渔船也不会摸黑行驶的，容易出水上交通事故。除非下午很早就收网返回，才可能傍晚的时候抵达。这种可能是不存在的。因为好不容易盼来开潭日，谁又能白白地放弃下午这么长的黄金时光，而提前回去吃餐晚饭，我可以说，这个地点应该是湖口到罗城这一段汨罗江上。因为自古以来，这一段沿江两岸的房屋是挤挤挨挨的，形成了水上市场。并且社会功能齐全，被誉为"小南京"便是一个佐证。即使最远的罗城也不过十几里路程，傍晚看见归来的帆船也是在情理之中的事。何况旧时青山流传这么一句话：青山对营田，房屋一万间。这意思很明了，从青潭那边望过来，是一个很热闹的地方，这个有着一万间房屋的营田无疑是个见证。而南宋禅僧画家牧溪著名的《远浦归帆图》则从另一个角度反映了湖区渔民的凄苦。画面大量的留白给人一种空濛清寂的韵致。尤其左下角的疾驰之笔，点睛狂风暴雨中飘摇欲倒的树木，不见枝叶，只有风雨卷袭中，那歪斜的树影还在摇晃不止。无声胜有声地揭示了渔民凄苦的现实生活和不屈不挠的抗争精神。

四

这些年，我对故乡的记忆没有因故乡趋渐远离而干枯，反而随着岁月的流淌，冒出我水样年华的情与景。

沉湎在过去的岁月里，要么是对现实生活的一种反叛，要么是人体衰老的一种表现。我不知我属于前者还是后者，抑或两者兼而有之。

有人说：故乡是回不去的地方。

我说：故乡如桥，多少岁月流水一样成了过往的乡愁。

我是一个走不出故乡的人。

在落水获救或自救多了之后，我的灵魂开始出窍，居然依附在鱼背上，成了一条湖水里的鱼精。谁见过被湖水淹死的鱼呢？只有鱼儿离不开水的道理。以至我长大后，本是可以游到北京、深圳等大城市发展的，可我最终都一次次放弃了。是不是因为对这方水土依恋过盛的缘故，还是其他什么原因，我一直围绕洞庭湖水系彷徨。

人过四十之后，哪里也不想去了，就在岳阳这个水滨城市安度余生。

一个离不开故乡的人，沉迷一方山水。

我狭义的故乡是洞庭湖冲积平原的一个叫青港的村庄，没有山，只有几个山丘山包，被我们叫作了山。

我广义的故乡就是整个岳阳了，能称得上大山的也并不多。

而水就不一样了，水，到处都是水，江河湖泊沟渠汊，样样齐全。

曾有网友开玩笑，中国把省会迁来岳阳，就已经把我吓得不知所措。我宁愿岳阳是一个中小的历史文化名城，随便打个的，一下子就到了你想去的地方。也不愿它变成现代化国际大都市，彻底改变一座城市的性格特征和文化习惯。

五

行走在坦露的湖床，我再也拾不起那些瓦片。

湖水一度成了我快乐的源头，也是我现在忧伤的开始。

曾经的湖水是我情感唯一的倾诉对象。

我对人生禅悟莫过于水的启迪，水赐予我生存的勇气和思索人生的慧根。

如果说山的哲学是不知日月，而水的哲学则是不舍昼夜。

自然界恩惠的灵性之水，就渐渐成了我一生的宗教。

此时此刻，窗外下着雨，我的心立即去迎接着一场雨水的到来。

第二辑
在烛光里遐想

一盏不肯入眠的灯光

一

　　六月江南躲不过的梅雨：雨水浸泡的大地，有太多的水在流浪……夜晚如期而至。夜雨把院子里的灯光先后浇灭，夜就已经浓得化不开了。而我坐在的窗台前，好象雨水看见了我这盏不肯入眠的灯光——

　　　　光亮的东西意味着诱饵
　　　　黑暗的物体意味着坟茔
　　　　六月的雨水打着旗幡穿过大地
　　　　摘取了乡间庄稼的帽子
　　　　泡软了城市笋子的骨头
　　　　天空的胃口一并吞下的
　　　　还有河流，以及上游村庄漂下来的死猪
　　　　还有时光推土机埋下的
　　　　生活碎片……

　　是啊，在这样的雨夜里，只要用手轻轻一按开关，光明的空间就能迅速取代黑暗的空间。这是个光控时代，我掌握了灯光带来的安全感，以及一种温暖的在场。如果在我没有入睡之前，我不会让一盏灯光先入眠，而把我自己关在黑屋子里。那是一种对自己的惩罚。小时候，我有过被关在一间黑房子里的历史，那是父母对我的教训，一种恨铁不成钢的责罚，也是爱的另类表现。现在往往还不到天黑，我就已经把电灯拉亮了。

二

在我内心孤独的时候，所有的灯光都是惨白的，像一张没有血色的脸，苍白无力，且让人莫名地烦恼。如果那时我没有独自去湖边、或公园散步，我就一定在一盏灯下呆滞地守望一片光亮。

也是守望一个孤独者的生命之火。

诺瓦利斯说："光是火的现象的精灵。"

在这里，光不仅成了一种象征，也是纯洁的一种具体反映。

雨夜里，光在等待人目光，等待人的心灵的接纳。一切通过目光进入心灵的都是精神的自觉。如同爱，也是这一自觉的精神感悟。里尔克认为，被爱意味着在火焰中自焚。爱，就是以永无穷尽的光芒发亮。因为爱，就是摆脱怀疑，就是生活在心灵的显现中。

活在尘世里，多么渴望像流水一样拥有自我净化的功能，像火焰一样燃烧身体里属于尘世的物质。这些年来，我感觉只有人类的爱既能像流水一样干净，像火焰一样纯。当黑夜成了一盏灯的背景，灯的光明是温暖的，无私的，纯粹的。

有人说：灯光下适宜阅读与沉思。

自从与灯光暧昧以来，文字开始变得亲切，一些词语打老远而来，充满了温情，成了我句子的帮手，并乐此不疲。正是这些句子的出现，我认识了诗，它与遥远的神秘意象关联，仿佛所有诗意都安放在夜晚的背景下，只有灯火的出现，人的目光与思维才能触摸到深处飘曳的隐喻，并为之臣服。

在尘世里，充满来自方方面面的诱惑，它们讥讽着你的生活。有时候诗歌又是那么软弱无力，现实主义的残酷让那些大片大片苦心经营的城堡沦陷，而人左冲右突也不能杀出一条血路。

我的大脑里盛满了糨糊，思想呈现空白。

四周的墙壁是白的，床单是白的，灯光是白的，书本是白的，心情也是白的。我从电脑桌上撤下来，在房间里转了几圈，发现只有自己的影子是黑色的，像从另一个星球来的幽灵。我盯着自己的影子，它在灯光下不断发生微妙的变化。我挪动身体，就像挪动黑暗世界的中轴，我试图让影子与身体重合，在不躺下的情况下，我居然找不出第二种方法。

我陷入灯光的包围圈里，成了灯光的靶子——

> 与夜色和微弱的灯光融在一起
> 我成了自己的影子，成了灯火的暗号
> 也没有让心情舒缓地盛满酒杯
> 我的酒杯已经空了
> 酒精和烟草制造的
> 浪漫主义，与冰块同时成了
> 黑色的靶心
>
> 还有那把椅子，让屁股空着
> 说是一把椅子在等你
> 等你在空处，在繁华散尽处
> 香尘安静地伏下来。我的打火机忽然打不燃
> 我陷入更深的黑夜里
> 仍然把想象留下来，那是翅膀和桨
> 是火种和渡船，此刻我
> 把双腿丢在你可能经过的路上

我只能在我不在的地方
等你，你还不来
你还来不来？

你是否和我一样，在另一个地方
等我。或者说你我都还在来的路上
没有走到一个交叉的点上
就那么几分钟，也许只要几秒钟
你出现了的时候，我却莫名其妙地原地消失
要么是你无缘无故地失踪了
好像一场游戏的开始

三

真的是一场游戏吗？我陷入困惑之境，无处可逃。

在这个漆黑的夜晚，世界原来如此狭窄。

我却逮不住自己出窍的灵魂。

我的肉身不过貌似高大威武的雕塑，经不起思想的推敲。其实打倒一个雕塑是很容易的，而要赋予雕塑以真实的生命却是很难的。在这个特定的夜晚，我仔细端详自己褪去所有虚伪乔装后的自己，是如何以生命形式还原最初的肉体，个中又经历了什么艰难险阻走到了今天。

如果能找到一种使犹豫与暧昧统一起来的办法，就像讥讽的目光终于露出温情，泪水溅湿了爱情的火焰，我从现实主义中摆脱出来。要知道，我们每一个人都是自己精神创造力的化身，我们由自己的想象所缔造，同时也受自身条件所限制。我们局限在自己的精神领域里，我们受困在自我的巅峰上，处处是悬崖和陷阱。

要知道，人如过江之鲫，走丢的不计其数。

所谓命运有此一说。

我无疑是人生路上的一个失忆者。

成长的苦难史，如陈年的烂账，被我一笔勾销，残留在记忆深处的，就像一笔深埋的矿产，我还不知如何开采。这一点如同一本有价值的书，应该包含一些不容置疑的知识点，我宁肯相信冒险的水手在遇难前对陆地的匆匆一瞥，也不去相信那些从未离开过陆地的人谈及的航海技术。如同农民在属于自己的土地上种豆得豆，本身就是生活最真实而自然的收获。

四

推开一扇窗，透过密织的雨帘看见夜晚的骨头在响声中醒着。

对着黑暗的方向，我终于找到了与影子重叠的方法。

我是这个黑夜里不起眼的写作者，思考让我习惯了背对光明，向黑夜寻找那些被雨水浇灭、被岁月掩埋的可燃物质。然后，拿起笔，从一张白纸出发，向着漫无边际的黑夜穿越。

如同穿越遥远大地上广袤无垠的沙漠。

我试图一路栽下文字的标记，就像植下一株株杨柳，让心中生气勃勃的绿色，一夜绿遍天涯。

一个人的苦行。

在一张白纸上，孤独地面对文字的虚无，我成了这个世界的一极，另一极在哪里？这是我在黑夜里思索的东西。写作只不过是把思索的东西记录下来，作为一个写作者的基本素材。我将对这些胡思乱想进行疏理，剔除那些所谓前人获得的公共经验，那些不属于我的矿石。

我要让文字与文字碰撞，擦出思想的火花。

只有火花，才是黑夜里的光明使者，是众神对我的召唤。

在黑暗与光明之间，一种把人类价值赋予短暂行为的瞬间，一种认识过程中理智的瞬间，那就是人们从灯火中得到了教益。当我们因此而赋予灯火更多的意义，由此又会酿造出多少人间悲剧。正如诺瓦斯所说："人们总是以一种火苗的轻盈去解放被禁锢在物质中的光的力量。"其实当我们不再进行如此遥远的遐想时，我们又要失去对未来的想象，一切又会变得那么现实，也是那么了无情趣。

我们因回忆而温暖，因梦幻而激动，因遐想而追寻。

灯火与我们相伴以来，谁也阻止不了灯成为我们生活的叙述者，一个人真实情感的源头。在博斯科的许多小说里，一盏熟悉的灯，亲切地标示着一个家，一个家族的绵延。"何当共剪西窗烛，却话巴山夜雨时"，李商隐的《夜雨寄北》却是面对异乡的客房烛光，寂寞和思念，渴盼团聚在一起交流，共剪烛花，让烛光更加明亮些，心中更温暖些。我更喜欢保尔·法尔格的两个关于灯的诗句："灯伸出使人平静的双手。"和"一盏灯在房间里展开双翅。"拟人化了的灯，就有了温度和情感，在熟悉的环境里打开了心扉，照亮着空间地带，这里赋予灯以生命的翅膀而飞翔起来。

所以，从另一方面反衬，我能更加理解我们古人所说，人死如灯灭。

五

无须我用生命来解释火，火在生命之上，又在生命之中。

火是众神的翅膀，无处不在。就像人的血液，主宰着人的生命，并渗透到人类日常生活的许多细节之中。火时而暴戾，时而温顺，这是火的脾气性格。掌控是对火的一种约束，也是对火的一种尊重。

夏多布里昂说："在一个人的胸中有两种感情会随着他的年

龄增长而变得日益强烈，那就是对乡土的爱和对宗教的爱。即使在青年时代它们被遗忘，那么迟早有一天，它们也会以自己独特的魅力再次出现在我们面前，以它们的美唤醒我们内心深处的依恋之情。""为了使我那腼腆的灯光勇敢起来，漫漫黑夜点亮它所有的星星。"（泰戈尔）

而今夜，雨水淹没了星空，我无法通过仰望星空得到自然的力量，却守住了雨夜的宁静而获得了内心的空明，为一个夜间写作者提供打开思想的密码。

光明的陷阱

一

"老爸，诱蛾灯是什么灯？"

我说："诱杀螟蛾成虫的灯。环保，又省成本。"

"螟蛾会中计吗？"

"会，它们天生有聚光习性呢！"

女儿"嗯"了一声，仍然感到疑惑。又追问："上次，爷爷在菜地打农药，疏菜就不是有机食物了吗？"我告诉她："农药容易在菜叶上残留毒素的。"她说："爷爷真笨，怎么不采用诱蛾灯的方法呢？"我一时半刻无语，不知如何向她解释。见我不理她了，就逗我："点盏诱蛾灯好玩吧，能不能买一个？"

我摇摇头，说："没得买的。"

"那以前都是哪来的？"

"村民自己做的……"

……几天前，想写一组以诱蛾灯为意象的诗歌，迟迟没找准表述方式而搁下，我在 QQ 上打下《诱蛾灯》三个字以示提醒自己不要忘记了。这下被女儿看到了，有了上面的对话。

女儿没见过诱蛾灯，她感到有点好奇也在情理之中。

这一代的孩子，已经看不见许多农耕的东西。再往后出生的，更不可能知道了。我甚至怀疑再过若干年，连这个词也会消失的。时代进步，科技日新月异，那些传统的、落后的东西，势必要遭到淘汰。我对女儿说："灯，是光明的象征，寓意美好的前景。而这个诱蛾灯，恰恰是光明的陷阱。"

女儿说："不就是飞蛾扑火、自寻死路的意思吗？"

女儿半大孩子，读高中，已经有了自己的思想以及个性，什么都好奇，又有许多东西一知半解，你还要注意方法才能与她交流，不然她才懒得吸收你的灌输。这时候，她缠我做一盏诱蛾灯给她玩，被我拒绝了，这不是无理取闹吗？都怪我平时太娇惯她，才敢在我面前任性。不过，我还是答应讲故事给她听，她从小爱听我讲故事，是我用故事喂大的孩子。我说就讲我儿时与诱蛾灯的故事，她居然鼓起了手掌，表示欢迎。虽然，诱蛾灯已经退出我们的视线几十年了，可这个词一经被提起，就像一根弹簧蹦了出来，唤起了我对那个年代的情感记忆。

二

上世纪七十年代末，我还小，却对那些岁月里的事刻骨铭心。

是的，一盏诱蛾灯是特定时代发明出来的，具有那个时代的意义。

在还没有发明之前，村民杀虫不外乎两种形式：一种是用化学农药喷杀。小时候，我还使用过一种喷雾器。就是把农药按药剂比例兑水盛装在这种器皿里，通过压力把药水喷洒出来，直接洒在农作物的叶面上。因此，我至今还记住了几种主要农药名称：有敌百虫、敌敌畏、1059、1605、乐果等，不管什么农药，使用时间稍微久一点，那些螟虫就有了抗体，再使用这种药物根本杀不死它，再改用其他品种，如此反复交叉用不同的农药，到后来，不仅成本高，这些虫类似乎"百炼成钢"了，什么药也杀不死它们。无奈之下，就只有采取另一种形式：手工擒拿的办法。通俗地说，就是手捉虫。这是无计可施的情况下，一种没办法的办法了。

那时候，我们学校还经常停课，组织学生支农捉虫。

一到夏天，我的许多时间花在棉田捉虫上，几乎很少有时间用来读书。

螟虫是十分狡猾的。尤其棉铃虫，它把卵产在叶片的反面，具有很大的隐蔽性，一般来说是很难发现的。棉花树干比人矮，虫卵又小，灭虫的劳动强度却大。我想出一个好方法，那就是放低身子，逆光去观看叶片，如果那片叶子在太阳的映照下，出现了痣一样的斑点，一定是虫卵，就去摘下这片叶子放进事先准备好的布袋里，带回来埋入泥坑里。叮这些虫卵繁殖得真快，往往只要几天就变成幼虫了，幼虫也只要几天就长大了，简直就是与人类赛跑，如果不及时采取措施消灭，一株棉花叶子要不了几天，就会被吃得体无完肤。如果长了棉桃，还能钻进去住在里面不出来了，人还真拿它没辙。

后来，不知谁发明了诱蛾灯，情形比先前好了不少。

夏天，往往是螟虫的大量繁殖期，危害水稻。那螟蛾产卵孵化出来的幼虫，如果一旦钻进水稻秧芯里，稻秧就会很快大片大片地枯死。所以，这种虫又叫钻心虫。在那时候，诱蛾灯是防治螟害、减少损失的最有效途径。

其实，制作诱蛾灯的程序并不复杂。

先用搅拌均匀的泥土，在田埂上围起一个个澡桶大小的灯池（有的也使用陶盆之类的器皿）。一般根据田块的长宽不同，每隔几十米设一个灯池，池底和内壁上垫一块塑料薄膜，以防漏水。在池子的中央，摞起两块断砖作灯座，再放置一盏用墨水瓶做的煤油灯。墨水瓶内装上煤油或柴油，用火点着露在外面的灯芯，灯就亮了。为了防风，还要在墨水瓶灯外面罩上一个灯罩。灯罩一般采用盐水瓶来做。做灯罩很讲究技术的，既要去掉瓶底，又要使瓶身不破裂，人们利用热胀冷缩原理，在盐水瓶底端绕一根蘸了煤油的棉线，然后把盐水瓶底部朝上竖立着，再用火点着棉线，等棉线烧掉，就捏住瓶口将瓶底朝下往冷水里一蘸，只听见"咯吱"声，瓶底就齐刷刷地掉落下来了。

一到傍晚，就把灯池里舀上水，再在水面上滴几滴煤油或柴油（水面上有了油，螟蛾的翅膀沾上了就再也挣扎不出来了），然后把灯点着。天黑以后，螟蛾围着灯光上下翻飞，多数都会掉在灯池的水面上。晚上，在村庄里往四周田垄望去，到处是纵横成行的灯火，就像城里马路上的路灯一样。

第二天早晨，每个灯池的水面上都浮着一层螟蛾，有的还在扑着翅膀挣扎呢？

三

不知听谁说，蝴蝶是由一种螟蛾演变而来。

虽然，我分辨不出蝴蝶是哪种蛾，却对蝴蝶之死表示深深的同情。那么美的生物，怎么和农作物的敌人混合一起，就不明不白地死去。我们这群孩子一致同意保护蝴蝶，又想不出一个好办法，唯一的办法就是去打掉田间地头的诱蛾灯，救下一些蝴蝶来。至于造成更大的损失，我们哪还管得了那么多。

我们用弹弓来执行这项"有意义"的任务。

之前，孩子们自制弹弓是用来打飞鸟的，我们用苦楝树结的籽粒当子弹。我们湖区平原最多的树除了杨柳，就是这种苦楝树了。我不知道，这种很丑的树有多大用途，只知道春天来了就开满紫色的小花朵，一丛丛、一簇簇，说不上好看，却多得出奇。一到夏天，这些花朵就结出一串串手指头大小的籽粒。乍看，与青葡萄相似，却不能吃，极苦又涩。从我们农场走出来的著名作家熊育群曾以苦楝树为题，写过一篇漂亮的怀旧散文。文章内容我记不得了，大概把苦楝树寓意父老乡亲的生存环境艰辛。至于他们用这种籽粒做肥皂，我却一点也想不起来。

我心里，最刻骨的莫过于用苦楝籽作弹弓的武器。

男孩子们个个像猴子一样善爬树，能一下子摘下足够的子弹。

飞鸟也好，栖鸟也好，偶尔打下一二只可能是碰巧，我们总觉得打鸟不过瘾，后来就改打人家养的鸡鸭，却常被大人们责罚而有所收敛。

去打诱蛾灯的那次，我们终于闯了大祸。

一夜之间，我们灭了田间地头上百盏诱蛾灯，当时我们感到很过瘾。这事传到村里去了，就引发一连串蝴蝶效应。

孩子们一个个被揪出来了。村干部找来竹条子抽打我们，用这种条子抽人很痛，伤皮肉，却不伤筋骨。我小时候，经常被父母抽打，只要遮挡脑袋瓜子，也没有什么大不了的。令我气愤的是把我们几个的手一并捆绑，由一根长麻绳子牵着，在全村上下屋场四处游行，这下就把丑丢大了，以至好久一段时间我都抬不起头来。尤其在女生面前，觉得很没面子。

那时候，谁犯了点事就游行，事情严重的就批斗。游行也是批斗的一种形式，而批斗是要扎台子的，还要把全村老少召集在一起，以会议的形式进行，更显严肃与庄重。我见过许多次批斗会，批判的对象是"地、富、反、坏、右"等，这些成份不好的人，是无产阶级专政对象，只要是开会就先批斗一番，无论会议的主题是什么，这个是首要仪式。

我也被抓去游行，这是人生最大的耻辱。

我生来不是一个胆怯的人，却从内心抵御这种形式。它从人格上摧残你的信心与意志，以至后来好多年，我不敢在大庭广众之下讲话、作报告，我总觉得台下那么多双眼睛望着你，像审判我。这种心理障碍持续了多年，虽然后来有所好转，但还不能痊愈。

四

此刻，我正在一盏仿煤油灯下写作。不禁停顿下来，疑有某种机缘巧合。我新装修房子后才买了这盏油灯，完全是无意的。也是我陪朋友去买灯饰看到了这盏油灯。店里都是欧式风格，这盏油灯混杂其间，极不协调，且格外刺眼。我之前经过这家店，并在这家店为女儿买了一盏洋气的台灯，却没有看见这盏老土的油灯。而这次无意瞥见，有了点小兴奋。尽管我的灯已经安装完毕，可我还是爱不释手，决定买下来。

我指着灯问店老板："这个多少？怎么还没有价格标签？"

店老板说："你随便给个价吧！反正就这一盏，好多年无人问津。"

我说："最多一百元！"

他说："可以！"

安装的时候，女儿瞅过来眯起眼睛笑："爸，还真买了一盏诱蛾灯呀？"

我告诉她："这盏是仿煤油灯，属工艺品，不像诱蛾灯那般难看。"

即使是一盏油灯，城里出生的女儿也没有见过的。

她说："真丑！换一盏好看的台灯吧？"

"可我喜欢！"就懒得搭理她！

她就感叹："是呵，年纪上来了，品味下来了！"

我扬起手表示要敲她两下，她见势就夺门而逃……

她哪里知道我内心的想法呢？

我对儿时用过的东西，总有一种莫名的亲切和感动，这岂是她能理解的。我再次端详着油灯，从外形上看，透明的玻璃灯罩，罩着灯具，与我儿时读书用过的煤油灯没有区别。当然，还是禁不住仔细观看，仔细一看就会看出破绽来。灯盏的肚子里是空的，也不能灌煤油，或其他燃油，自然也没有灯芯，而是安放了一个小小的电灯泡，泄露它是仿制的现代工艺品。

记得店主还告诉我，他才做灯饰不久的时候，由于本钱不够，每种灯一般只进一对。这种灯原本进了一对的，另一盏在运输途中灯罩坏了，也就剩下这一盏。

这盏灯几年无人问津，仿佛是等待有缘之人。

是的，我成了那个有缘人。

从此，一盏仿油灯，每夜陪伴我读书与写作。

加斯东·巴什拉说："若一切缓慢变化着的东西能用生命来解释的话，那一切迅速变化的东西就可以用火来解释"。火是超生命的，也是我温暖回忆的源头。这里面藏着许多的往事，也为我的重温找到了一条可能的途径。

我的灯透过窗户，把金色的灯光射到楼下沉睡的树木上。

也许，灯可以照亮精神的劳作与遐想。

从灯那里，我得到更加亲切的光与热，并热爱灯安静的在场。

黑夜里，"灵魂在灯后面坚持着，即我本来要成为的那个灵魂。"（亨利·博斯科）在我看来，无论是什么灯都是散发的，飞舞的，而非集束的。从强到弱，最终淹没在黑暗里。所有的光亮，都是夜晚的眼睛，都是黑暗的意象，都是我潜意识里追寻的生命体。

写作让我落入光明的陷阱里，不能自拔。

萤火点灯

一

一场夏天的大雨，把这座城市浇得清明透亮。

站在阳台上望出去，外面的能见度比往常高出许多，连我这个近视眼看远处的事物，忽然就真切起来。眼前河岸的垂柳拧成丝瀑，微风拂拭，疑似一个前朝美女浴后摇曳的秀发，幻化出一种奇异的感觉。

这些天，闷在房间里久了，我早就已经心烦意乱。雨一住，阳光拨开了乌云，清朗朗地露出了久违的笑容，像给出一张硕大的红请柬，我早已经按捺不住。吃过晚饭，筷子一扔，顾不上收拾厨房，就急冲冲往外走，把老婆一个人留在家里捡场，我把丫头也带出来了。我们小区在王家河西岸，面积大，绿植覆盖率高，又依山伴水，不少文友羡慕我终于找到了一处桃花源。连我们附近居住的人，也乐意来我们小区散步。这么好的地方，可我平日并不以为意，三天打鱼，两天晒网，从来没有坚持锻炼身体。而丫头更是以学业紧为由，拒绝出来散步。起先，我劝她别老是埋在书山题海里，会变成神经病的。出来走走，一能调节思想压力，缓解精神疲劳；二能呼吸雨后新鲜空气，还有萤火虫飞呢。她一听，这才破天荒出来了。

对我的邀请，丫头似乎并不领情，她说什么牺牲宝贵时间来陪老爸散心，这种孝心上感天，下动地，就是不知道能否打动老爸？我知道丫头不失时机地向我敲竹杠。就说："想得美，为了你学专业，弄得我只差到街头讨饭了。"而今，靠两口子的死工资养一个孩子的确有些紧巴，不敢轻易胡乱开支。丫头见没有油水可捞，就感叹："生在一个穷记者屋里，是我命苦啊。"

我逗她："上帝派你来做我的女儿，就是让你来劳其筋骨的。然后，努力改变我们家的窘况，你知道吗？"丫头表示不服，说她挑不起这副重担，要与上帝好好谈一次话，看他是不是老糊涂了，一点也不晓得怜香惜玉。我窃窃地笑："这还要指望你将来养老，我还不如趁早回去码字靠得住些？"

丫头不示弱："老爸真的对我没信心，这叫我情何以堪啊？"

父女俩相互开涮，斗嘴皮子，就有了乐趣。当然，我还有其他想法，就是要在这种轻松的状态下和丫头作一次交流。我想：凭她的悟性，是能读懂我良苦用心的。

二

不觉中，天已经暗下来了。路上几只发光的萤火虫低空飞行，在夜幕的背景里尤其显眼。我家丫头感到新奇，不顾我的话还没说完，就跑开了，独自去追逐着光亮的萤火虫。丫头生长在钢筋水泥的城市，平时也只在书本上知道这种生物，能在小区内看见，也难怪她很是好奇。我小时候，生长在农村，最熟悉的莫过于萤火虫。乡间的夜晚是寂静的，如果不是萤火虫在空中飞来飞去，我的夜晚便空洞许多。这些提灯笼飞的小家伙，把我童年的夏夜逗得屁颠屁颠的。此刻丫头上窜下跳的模样，便有了我当年的幻影。

"老爸，我捉了一只，你看——"

丫头从河坡上的绿化带爬上来，手中捧了一只萤火虫气喘吁吁，让我从她手缝隙里看，生怕它飞跑了。丫头还一本正经地说："好不容易逮了一只，我要带回去当宠物养！"惹得我大笑。"这怎么养？它吃什么，有什么习性？"我问她。她摇摇头，表示不知道。那神形，是巴不得我能告诉她。其实，我对萤火虫也知之甚少。小时候，虽然捕倦了多少个夏夜，却仍然不了解这种靠自身发光的小生物。在丫头的心目中，老爸应该什么都懂的，见我也不知道，心里不免有些失落。随后，丫头说起了读书的事就叹息，感觉功力不够，对前程看不到影子。趁此机会，我给她讲了一个车胤故事：车胤是晋朝的一个穷困学子，每到夏天，车胤为了省下点灯的油钱，西天的日头落下来，他就开始捕捉许多萤火虫放在多孔的囊内，从而利用萤火虫发出的光来看书。功夫不负有心人，车胤成功了，后来官拜晋朝的吏部尚书。

我还告诉她，寒门出才子，高山出俊鸟。只要勤奋努力，总会有收获的。

从小，父亲把这个励志故事说给我听，我而今又把故事说给丫头听。

小时候，我家里也很穷。我也捕过萤火虫装在瓶子里。我并不是借光读书，而是逗乐也。效果自然与车胤不一样。尺有长短，人有高矮。车胤从小有远大理想，而我，有一口饱饭吃就满足了。不像现在孩子衣食无忧。我那时候晚上学习，往往是提一桶冷水，把双脚浸下去降暑，防蚊子咬脚。煤油灯下，一把大蒲扇没完没了地扇……

三

这些年来，我间或去看看我的出生地。每次，我都是悄悄地来，悄悄地去，不带走一片云彩。就像一只萤火虫，永远只能发出自己微暗的光。

萤火虫没有离开过潮湿的地方，这是它生活的范围。

与我一辈子也没有离开洞庭湖畔一样，似乎，我与萤火虫之间存在某种共性的东西。萤火虫生存在有水源的地方，于夏季的河边、池边、农田里、草丛中，这些都是萤火虫出没的地方，也是我童年掠过来、掠过去的地方。对萤火虫，我记不清自己到底捕倦了多少个黄昏，它们又点燃了多少个黑夜……

那些飞来飞去的都是雄性萤火虫，它们打着灯笼照亮了乡村的黑夜。据说，萤火虫发光的目的完全是为了吸引异性，这是我意想不到的。

我们常见的萤火虫光色有黄色和绿色。在日落一小时后萤火虫就开始活跃起来，它们争取时间互相雌性。雄性萤火虫会在二十秒中闪动亮光，等二十秒，再次发出讯号，耐心等待雌虫的一次强光回应。当没有反应，雄的会飞往别处。如此反复，所谓东方不亮西方亮，总能找到属于它们的爱情。

捕捉青蛙是用手电筒直接照射，让青蛙的眼睛睁不开。而捕捉萤火虫不宜直接去照草堆，因为这样照射时，可能使萤火虫短暂时间停止发光，反而找不到它们在哪里。

我不知道别人是如何怀乡的。

在我内心闪烁微暗光亮的是萤火虫。尽管这种光亮微不足道，我却情有独钟。那些提灯笼飞翔的萤火虫，它照见了我童年的脸庞，时常把我的目光引向浩瀚的宇宙星空。萤火虫属于乡村田野的，在灯火阑珊的城市里是很难看到的。萤火虫映照我思念的路径，指引了我童年的方向。在雨后的菜园子里，丝瓜架下，田野上，萤火虫是我童年夜晚的星星，又远比星星亲切，它那么近，占据了我小小的心田，让人感到温暖，让人无限遐想……遐想是人类追求美好愿望的天使。我用一只蓝墨水空瓶子，洗了又洗，给萤火虫安一个家。我将捉来的萤火虫放进去，像盛满的星星。我还以为自己是捕捉光明的人。我以萤火虫替代了灯盏，让我豆大的心事暴露无遗。这种看似平淡无奇的夜晚，我却感到津津有味。我不厌其烦地做着同一件事：捉萤火虫。捉了又放，乐此不疲。好象我是一个常胜将军，那种自得其乐无可比拟。我甚至怀疑过天上的星星是萤火虫点燃的。

几十年过去了，回忆起来仍然是那么温馨。

的确，小小的萤火虫，明明灭灭，飘飘忽忽，有一种幽灵轻扬出没的感觉，所以，自古以来，人们常以流萤称之，把它的形态、动感唤出来了。经过这些年的人生漂泊，我对流萤的阐释有了新的理解，至少又多了一层漂流的窘迫……

四

前些天，丫头在网上看到三张照片，让我猜拍的是什么。

初看，那黄色的光亮飘忽在夜晚的大地之上，动感出来了，极美！第一眼，它让我看走了眼，以为是北极光。像！但不是。再端详，疑是车水马龙的城市夜景，就不以为然。丫头让我仔细看看，这回我惊讶了。那飘忽的光亮，竟是飞舞的萤火虫，看见那树木依稀，是一片平原地带，那大片不知是庄稼还是杂草的轮廓也显影出来了，若隐若现的，看不真切。在这样的背景下，那光亮愈加抢眼夺目，那奇特的光源原来都是萤火虫发出来了。那么多萤火虫集聚一起，形成了人间银河，把我的胃口调起来了，想起《豳风·东山》"町畽鹿场，熠耀宵行。不可畏也，伊可怀也"，我就巴不得立马收拾行囊去旅游。

丫头说："又不是你老家，萤火点灯引路，想去就去？"

我问："在哪？"

丫头说："日本某乡村，你去吗？"

是啊，在日本，想去，也不能去啊。只能贪婪地，多看几眼。心想：这么好的萤火景观，怎不令人思我东边故乡呢？丫头埋怨我人到中年就有点老气横秋。

　　老婆也挨过来帮腔调侃我："你回你老家买块地，盖一个茅庐天天看萤火吧？"我一愣，哈哈大笑起来："我还真有这个想法呢，退休后就搬过去安度晚年！"

　　老婆和丫头对望了一下，丫头抢话说："我不反对！但，我不去！"

　　老婆眯笑："我也不去，你一个人怡然自得去吧？"

　　她娘俩配合得默契，居然联手反对我，我摇摇头，苦笑。

　　看来，我只能做一个回不去的游子。

　　有时候，我想：回不回去又何妨？人生一世，草生一秋。其实，我们每一个人何曾不是流萤？划开个体生命的夜空，并为此挣扎，也为此欣然。因为我们每一个人都发出了自己微弱的光芒。也许我们还不知道：天上繁多的星星真的有你我他的来世。

在烛光里遐想

　　小区的这个夜晚忽然停电了，女儿像一根被压缩的弹簧，从坐椅上倏地弹射起来，如先进航母舰载机，瞬间发出轰鸣声：喂，怎么停电了，什么时候会来？这个时候，从女儿身体里冒出火苗般的气焰冲我而来。女儿进入十三四岁的青春叛逆期，常常会有莫名其妙的暴躁行为，我却无力做到见招拆招，甚至被她的行为举止弄得烦恼不安，且身心疲惫。傍晚回家时，她就说某某老师不带爱相，布置了比平常多出两倍的作业，这完全是把他们初三生当犁田的牛马，完全不顾他们的死活。守护在她身旁的我也是哭笑不得，还只能小心安慰她、鼓励她。而刚刚把她安抚好，进入学习状态，这时候却停电了。我们小区平时是很少停电的，偶尔停了也是很短暂的，据说是有两条线路，这条停了，就会马上启动另一条。我一边在焦急中等待来电，一边心平气和地说稍等片刻。又连忙到下面超市买几支蜡烛上来，快速为女儿点上一支蜡烛，安慰她如同安慰我的姑奶奶，你啊不要太着急，要让自己的心态平和一点，才能聚精会神应对作业。女儿眼睛一瞪，还是那种心气不顺的样子，便感觉此刻我在她身边已经是一个多余的人，甚至是不受她待见的人，我就知趣地闪到书房秉烛夜读去了。

好多年没有在烛光下看书了，望着微微闪着火苗的烛光，其实，手中捧着的书本又合了起来，因为，我怎么也看不进去，而思绪又被无数的形象牵引，飘向无际的黑夜……于是，我在这种情境里，写下了一首短诗，取题"蜡烛"：

请相信我小小的身体里藏着泪光的火焰
那是我看这个世界的眼睛
在漆黑的夜晚，我要独自与黑暗抗争
请赐予我勇气和力量
去照亮人类的思想抵达光明的前景
请在我头顶抽出血液的标本，让我生命的火种燃烧
疼痛与苦难并存，荣光与信念交映
身体里微弱的火花
昭示一切生命的本质
如果晚风的暴君掐灭我的生命
即使我的燃烧化为了灰烬
这个世界埋葬了我
而恐怖的黑暗，又将笼罩这个世界

诗写得比较生硬，但或多或少把我当时的心境表达出来了。一下子，我仿佛又回到了自己年少的时候，豆大的烛光下，我正接受父亲的目光监督，读书写作业。在那个年代，身为代课教师的父亲，半个身子埋在批阅的作业本中，有语文、历史、地理。记得那时候，我才进入初中，每天晚上坐在父亲的对面，与父亲隔着堆砌如山一般的作业本，我庆幸获得了独立的掩护体，逃避父亲间歇投过来的目光。真的，仿佛内心有孽障，书本成了我不共戴天的仇人。往往这时候，我就不停地拨弄着蜡烛的火苗，就像摆开了一个小小的战场，我的心思在跑马，在

书本之外，烛光之外。我在烛光里摇动着小小的身体，如转动黑暗的中轴，我在盼望着蜡烛快快地燃烧。父亲在我坐在位子上时就与我有了约定，等一支蜡烛燃烧完了才能去睡觉。一支蜡烛的时光，就是我要穿越的漫漫长夜，无边无际。一方面，我既降不了心魔孽障，另一方面，又怕身边的父亲。一整夜，我不知是怎么熬煎过来的。在我实在困了的时候，自作聪明地用书掩蔽自己伏案的头，不要多久就打起了呼噜。父亲还在埋头批阅作业，却很少来责怪我。他只是摇摇头，或叹息一声，然后就把我弄到床上去睡了。

忆念起来，发现我从来没有因为自己不爱读书，挨过父亲的责罚。而我母亲远比父亲严厉，总是不管三七二十一，就是一顿训斥，或用杖棍抽打。父亲站在一边显得若无其事，好象与他没有半点关系似的。他一直认为，读书要有书缘，不是刻苦就能把书读好的，那种读法只能读出书呆子来。母亲就没有好脸色给我父亲看，语气调到了高频，开腔就吼，你就是个死书呆子，又怎么能教育好孩子呢？我母亲也是教师出身，只因跟随我父亲下放才被迫辞职，来到这个农场从事强体力的农事劳动，内心一直倍感委屈，并对曾经的教师身份心存失落感。发脾气成了她最大的出气口，发泄那份失落的情绪。这也是我从小害怕我母亲的主要原因。

记得某一年冬天，外面下着大雪，母亲逼着我在家里写完作业才能烤火，而弟弟见到大雪就跑出去了，趁母亲在忙碌家务之际，就在桌子上给母亲留下一个便条："有火不要人烤，我宁愿到雪地里跑。"弟弟比我勇敢，能抗命母亲的最高指令，傍晚回来自然要受罚：跪在搓衣板上思过，没经母亲的同意，是不准起身吃晚饭的。母亲还逼着弟弟写下保证书，说以后不犯错了，才能起来！弟弟立马在一张方格白纸上承认了错误，就嘻嘻哈哈地端起了饭碗，狼吞虎咽起来。第二天、第三天，同样的错误他可以继续犯，屡教不改，我母亲也无能为力了，还偷偷哭过一场，把责任一股脑全推给我父亲，说他的管教方法出了大问题。母亲还说她八字不好，千辛万苦，生养三个儿子，个个不爱读书，将来会有什么出息，她还指望什么呢？母亲这是无可奈何的叹息，也算是认命。从此，她也不强求我们兄弟读书了。父亲总是安慰，儿孙自有儿孙福，何必爷娘当马牛。

我初中毕业就辍学了，在村子里当了一个半大农民。

我是经过两年日出而作，日落而息的辛苦劳累，实在受不了，才觉得读书要比田间地头劳作轻松许多，于是又捡起书本回到学校的。这才发奋读书考大学，以此来改变自己的命运。

现在，我女儿在城里长大，没有经历过苦难，不管你怎么苦口婆心劝导她读书，她总是懒得听。她说：就是考了一个所谓的名牌学校，几乎都是毕业就变成了失业，加入啃老族。我身边这样的例子也不少，如果没有社会关系，就业的确是个难题。当然，也有靠个人扎实学习打拼出人头地的。我想过与女儿好好沟通，又放弃了。就像当年，父亲与我，完全靠一种理解来达成某种默契的。

现在，我真的不想逼女儿，我只能听天由命。

面对烛光，我选择了无语。

烛光是宁静的，优雅的，微弱的火苗撑起黑夜里的冥想。一缕轻盈的风吹过，也能激荡着跳跃的火苗，仿佛随时都可能熄灭。哪怕是叹一口气，也能让火苗战栗与晃动。是坚毅，还是脆弱？望着烛光静静地燃烧，我的目光有些发烫，像导体，心理上发生了微妙的变化。继而眼睛有些花，还有些湿润。就像在某种纯粹的物质里，渗透了杂质。

我所有的念想，变得零乱而细碎。仿佛自己也是一根正在燃烧的蜡烛。

一个男人，多么希望能保持内心的平静，剔除所有脆弱的部分，让自我形象如蜡烛一样挺拔。可我时常喘着粗气，难以保持心气平和。思维里，总是冒出一个个并不十分清晰的形象，在我的眼前晃来晃去，好像它们一个个都是精灵，带着尘世的秘密而来，我无须捕捉，只要吸纳。

烛光里，所有语言似乎是飘曳的，游离的目光又是重生的幻影，一切似乎存在，一切又似乎虚无。这并非我的多愁善感，面对烛光，我理性的思考禁不住感性的催化，无论如何我成不了哲学家，对一切事物变化有着理性的掌控。仅凭这一点，我充其量不过一个诗人，陷入孤独的烛光围困，寻找一个能炸开黑暗的隐喻。

这时间之水，那烛光下的眼泪，迫使人的目光从书本上挪开。

不再阅读。停顿让人开始思考着人生，仿佛烛光里的时间，也陪伴着我在黑夜里穿越。我们到底要穿越到哪里呢？生命还是死亡？

埃德加·坡说：美的代价即死亡。可以说，成了这一美学原理最残酷的一种解释。

当诞生与毁灭成为两个具体形象时，生与死是那么真实地对立着。

在一支燃烧的蜡烛里遐想，火苗跳动着飘忽的意象，我有了写诗的冲动。

或许，这就是《蜡烛》短诗诞生的前因后果。

我怕看见血光

人的视线若被清理干净了，
一切都会显出它永恒的价值来。

——布莱克

一

一下的士，我就匆忙卷起了棉袄的毛领子。

湘北的寒风，阴冷、潮湿，那线形的风吹过来，像伸出无数的鬼爪子，那地面的落叶被不断拎起，又不断扔下，好像叫花子进城，遍地捡人民币似的。我的身上被北风搜刮个遍，好像只为盗窃我身上储存的热量。而我家丫头也是鬼见愁，她身体里好像潜藏了核能源，这么寒冷的冬天连毛衣都不穿，一件单薄的秋衣套件秋外装，一条紧身牛仔裤，把一个冷酷的冬天当秋天收拾干净了。这让我委实打了一个寒战，好像我是杨白劳，她是喜儿，一个爱莫能助，一个美丽冻（动）人。只见她急切地穿过了人来人往的街道，直奔新华书店楼下的眼镜店，把我扔在停车的位置，头也没回。她这个急性子总是让我担心，给人一种毛糙和不踏实感。

冬天的黄昏，街道上的华灯闪烁，车辆增多，堵塞在前面的那个十字路口，绵延几百米，有的车连忙掉头，出现闹哄哄的场面，有司机伸出头来骂人。我也真想骂人，但我还是不能开口，所谓斯文不能扫地啊。可我不能阻止人家的发泄。何况这座城市的确越来越拥挤，一到上下班时间就到处塞车。我们来的时候站在北风口就足足等了半个多小时，好不容易打个车，慢慢吞吞地到了目的地，这已经是非常幸运的了。只见一辆警车响起警报开过来，估计又发生了交通事故。我不作新闻记者好多年，却还是对这些事敏感。北面就是一家医院，隐约看见好多人朝医院里面拥，似乎还有打骂声穿过喧嚣传来，触到我耳朵根了。我看见几个穿白大褂的人急匆匆从我身边走过，我意识到事件的严重性。但我犹豫了一下，并没有赶过去看个究竟，只是站在街边望向那个方向。

我怕看见血光！

二

丫头来电话催我，怎么还没过来？

我是专程陪女儿来配眼镜的，她在眼镜店等了一阵不见我，显然有点焦虑。她担心我的职业毛病犯了，居然还跑过来找我。这让我一方面欣慰，这丫头长大了，懂事了；另一方面有点不好意思，好象丫头长大了，我就真的老了，还要她来照顾我似的，她一口一个老爸，这样血淋淋的惨祸你还没看够呀？我只瞟了一眼就跑开了，作呕，太血腥了。是啊，前些年，我作一线记者时，只要听说这类事故，二话不说就会提着摄像机赶往现场，见过五花八门的事故，看得人心里发毛。后来不当记者做民生新闻制片人，虽说不在现场，可每个记者的稿子我都要看，编辑后的成品带还要审一遍，比我原先当记者时看到的还多，甚至晚上还做噩梦，梦里的血光开成桃花。当人一踏进去，却又变成了沼泽，人陷了下去，喊也喊不出声。我常在这样的噩梦中惊醒，出一身的冷汗。一度我只要看见血，就感觉到处都是血，到处都是死亡的气息压迫我，让我喘不过气来。辞去这个岗位好久以后，人才慢慢恢复常态。

　　进了眼镜店，丫头还在埋怨我耽搁了她的宝贵时间。我只能向她表示歉意，说你老爸真的老了，腿脚不灵捷了，想找一根拐杖都找不到啊。这下轮到丫头歉疚了，而嘴巴却不饶人：老爸正当年就装老啊？一点也不老实，居然还把一个好好的美女比作了一根拐杖，看你把诗人的想象力都弄丢了，还不如早点回家给我当后勤部长，弄点好吃的让我吃得又香又好来得实在。我说，如此我不是亏得更大了吗？就怕扁担没扎，两头倒塌。除非你能给我考个像样的大学来，我一高兴，想象力才会出来哟！

　　女儿读高二，已经十六岁半了，比她娘还高了一截，这让她常常很自信地摇头晃脑，动不动就与她娘比高矮。我家丫头就这德性，很快要到高考冲刺期，按理，时间对于她来说自然是很紧张的，可她还是不慌不忙，每天回家还看一阵子电视，再上一阵子网，她娘发脾气也没有用，只要听见我的脚步声、开门锁的声音就猪头变老鼠溜得飞快的，好象我是一只凶猫似的。由于她初中时光顾了玩耍，成绩下降得厉害，我也没有时间去督促她，她娘实在拿她没辙，而我又在场面上应酬，有时出差几天难得回来，一落屋又被朋友们邀去喝茶、聊天，她娘管不住丫头，就听之任之，随她的便了。进高一后，她虽然开始有点觉醒，却又明显感到力不从心。连她自己认为最好的一门功课英语也掉下来了。丫头这才感到面子挂不住，暗暗着急。尽管如此一来，一段时间里成绩还是没有明显长进，脾气却大了许多。动不动就与她娘争吵，她娘就无论如何也读不懂女儿的心事，只是一味地向我投诉，埋怨我也不管一管，如此下去会出大问题的。

　　我把丫头叫出来，陪我在院子里走一走。

　　丫头鬼机灵，知道我有话要说，就抢先开口：老爸你就莫听我娘的，准又是告我黑状。我笑笑说，我听女儿的，你自己说说看，有什么好的打算，准备如何规划？我来当当参谋行不行？丫头叹了叹气，告诉我，靠硬拼只怕猪脑壳吃不消，效果不见得好！想抄一个近路，不知行不行得通？丫头属猪的，从不忌讳人说蠢猪什么的，自己还常常以此自嘲。可丫头突然告诉我想改学美术专业！话一出，我也感到惊讶，从来没学过美术的人，没有一点基础却要在一年半载这么短时间内学好专业美术，的确有点冒险。丫头似乎看出我的忧虑来了就说，即使将来她做不了画家，至少还培养一点艺术气质是不？凭这一点艺术气质就不再猪头猪脑了，应该是人模人样了，你看值不值得投资、赌一把呢？我一下被丫头逗乐了，就说，只要你下定了决心，我就全力支持你，做你坚实的后盾。丫头这才把纠结在心头的烦恼抛弃了，铁下心来学专业。我知道丫头最担心的是学专业的费用大，怕我们家吃不消，可为了说服我，丫头是动了脑筋的，这番话不知背地里演绎了多少次，才会有如此好的效果。

这件事就这样落了停。

接下来，我就开始请老师给她补课，除了星期二，每个晚上不是在补课，就是在学专业，有点负担过重。独剩星期二晚上这个空档，她才有时间出来配副眼镜。

三

我怕看见血光！

是的，并非天生就怕看见血光。记得我读初二的时候，有一天，我看见两个同学在校室里打架，一个小名叫臭狗屎，一个叫飞天蜈蚣，两个似乎势均力敌，拳头与腿，你来我往，毫不留情。我不知他们为什么打起来的，看得实在过意不去，就上去劝阻，双方正打得不可开交，拆不开，刚推开飞天蜈蚣，臭狗屎就扑过来了，我挡在中间，就把我与飞天蜈蚣推到了玻璃窗户上，玻璃被撞碎二三块，这下出大事了，飞天蜈蚣的背脊被划破，血从背上往外流，还从裤脚口流出来了，地板上好几处都有血迹。我的手与臂膀也被划破了，满身都是鲜血，我们俩这才自己跑进了卫生所去包扎，而那个推我的臭狗屎却跑得无影无踪，我最后成了替死鬼，不仅赔了人家的医药费，还受了老师的严厉批评，还有母亲的责罚。我很委屈，又不得不认栽，因为我背后那个推手臭狗屎是个孤儿，他父亲死得早，据说是在他三岁那年被一条毒蛇咬死的，而他娘把他寄在一个远房亲戚家里，几天后就突然失踪了，不知去向。从此，臭狗屎被远房亲戚抛弃不管了，他流落在村里吃百家饭长大，也就是被人嫌了这么多年。所谓"死不嫌，烂不嫌，臭狗屎最讨人嫌！"

　　天下的事就是这么说不清、道不明。这两个人都先后几天辍了学，两个人好到一起了，成了当地出了名的惯偷，有时候被人家捉住打个半死。听说飞天蜈蚣后来改邪归正，开起了长途运输车，赚了一点小钱，还准备讨一个堂客成亲。可一次在公路上维修自己的车子时，被人家的车子追尾，千斤顶倒塌下来压着了，又被追尾的车从头到脚碾过，死状惨不忍睹。我得死讯还专程赶去现场，他已经被压成血肉饼了，那血发乌，我当场就呕吐了。

　　那场车祸的场景还时不时浮现在我脑际。

　　这或许成了我至今也不想学车的主要原因。

　　而臭狗屎还活着，不知怎么的就疯疯癫癫了，在湖南湖北两地的城市流浪，有人说在大街上见到过。

四

　　一屁股坐在眼镜店的沙发上的我，思绪还在天马行空……这时丫头就来到我的面前扯我的衣角，我一惊，就被拽回了现实中。我是一个不喜欢逛店的人，每每陪妻女上街我就不管她们进什么店，眼睛总是先环顾四周一下，寻找可以接住我脚步的椅子什么的。

丫头已经把眼镜配好了，让我欣赏她这个范儿。

眼镜店的那个美女阿姨反复交待我丫头，眼镜其实和人一样，你爱惜它几分，它回报你几分，即使沾惹了灰尘，千万不能来回擦拭镜片的，只能用软绒朝一个方向清洁，就不会磨损镜片，也不会影响眼睛视力，丫头听得似乎略有所思，却没有出声，只是点了点头，随后露出了笑容，我觉得还是十分可爱的。

英国诗人布莱克说得好："人的视线若被清理干净了，一切都会显出它永恒的价值来。"我取出我新买的墨镜戴上，丫头疑惑了望着我半天，似乎有话要说，还是没有出声，眯起眼睛笑了笑。我知道，丫头已经悟到了，无须我多余的废话。

丫头挽着我的手，父女俩迈出了眼镜店，消失在更深的暮色里。

淘金者

一

我像挖掘一个金矿一样，把房间的书柜找了个遍，为的是抢救一个曾经被我忽略的故事。我真的不记得是从哪本书上看到的，可而今，女儿要我讲一个关于淘金人的故事，说她们班上要搞一个故事会。我说，就给你讲帕乌斯托夫斯基的《珍贵的尘埃》吧？谁知她一口否定，这故事她已经讲过了，同学们大多知道，太有名了，要讲一个他们都陌生的，这样的故事才新鲜。这我就为难了。我必须得找出那本书来，再看几遍啊。可我不记得书名了，找的难度就大。想了许久，还是记不起来了。

我是一个记性很差的人，生活中常常丢三落四，因此吃过不少亏，还是难长记性。平日里养成了一个坏毛病，读书从来都是粗犷型的，一目十行，记个大概。我身边有的朋友记性好，能过目不忘，这让我羡慕不已。而我只对特别感兴趣的事，记忆得相对牢固些。问题是我现在似乎没有什么事特别感兴趣了，记忆力也就还在下降。于是，我就逼自己以反复读书来活络思维，告诫自己，再困难的记忆训练，熬一熬就挺过来了。

可是现在，我越来越感到个体的、可能社会的危机四伏。它来自方方面面，我不得不开始留意这些问题带来的严重性。我是不是又在苛刻自己？我也不知道如何让自己一颗动荡不安的心得到安抚？

　　我在苦苦寻找那个淘金人的故事。一连几天来，翻阅了我书柜里几乎所有的书，还是找不到它的踪影。它藏到哪里去了呢？搬了几次家，被弄丢的图书不计其数，是不是这本恰好又混在那些被弄丢的书中呢？不得而知。我曾试探地问过妻子，有没有在我书柜里拿一本书，很重要的一本书！妻子看我说也说不清楚，又如此着急的样子，显得有些不耐烦，就说：不就是一本书吗？再买一本就是的了。其实我心里也清楚，妻子从来不看我书柜里的书，她说过没有一本值得她来翻阅的。她对《知音》一类的杂志还有那么一点点兴趣外，她只迷恋那些肥皂剧，以及健康生活讲座等，她才没有这番闲心来看我的这些文学艺术类的书籍，我不过是随便问问而已，并不抱什么希望。可这些天来，我其他的书一本也读不进去了，字一个也不想写，干什么都无心。这也是我之前没有出现过的状态，如此让人费解。

　　我迷惑、空落、纠结，不知如何是好？

　　可我又不甘心啊，我怎么就可以如此不通情理呢？今天，我连班也没去上，又一次不厌其烦地清理书柜，把几个书柜里的书翻了个底朝天，扔得满屋子都是书。连午饭也忘了吃，饿着肚子找到傍晚还是一无所获，谁还有过像我一样的傻瓜经历，花这么多时间和精力，就只为找一个曾经读到过的故事，把自己弄得精疲力竭。我无力地躺在地板上，差不多把书房的天花板望穿，希望奇迹在最让人失落的时候，突然冒出来，那会是一件多么令人兴奋的事。可这一次，奇迹并没有像我想象的一样出现，我像无缘无故落入冰库里的人，从头到脚还是冰冷的。可女儿回家又催我，到了火烧眉毛的分上了，我还是没有找到，看来着急也无济于事。

我想：就是找不到原著，我也要靠记忆来慢慢恢复它。我知道这项工作有很大的难度，因为我的记忆历来就很差劲，不然，我多少也应该对书名还有点印象吧？即使书名彻底忘了，也不要紧，甚少还应该记得故事发生的年代，以及背景材料，这样叙述起来至少条理清晰些，就是向其他朋友求援，也好把事情说得清楚些，不然的话，别人也弄不清头绪，像一个无头案，无从下手，我又不是神探李元芳，一点蛛丝马迹就能破案。我也曾经埋怨过自己，怎么读书这么不上心，错过了一个日后能被我如此重视的书呢？

自责是无济于事的。经过深思熟虑，我决定不过多地责怪自己，甚至还打算原谅自己，并鼓励自己，千万不要泄气，慢慢梳理头绪，力争以最大的可能性来还原这个故事。就像对一件打得粉碎的古董文物进行修复，要以十分的耐性和高明的技术来完成拼接。是的！我必须对自己有信心，对我的记忆功能施以仁政，并充分信任。这样，我的记忆才会忠实于故事的本身，而不以违背故事来欺骗我、忽悠我。

二

女儿放学回来了。黄昏的阳光斜斜地穿过阳台，我把女儿叫过来，再把窗帘拉开些，推开一扇窗，让黄昏的阳光流速更大一点灌溉我的阳台，要知道等下老天就会关了阳光的阀门，开黑暗的潮水。我得抓紧给她在阳光下讲这个故事。其实小时候，我经常给她在阳光下讲故事，从不在黑夜里讲，更不会去吓唬她。尽管我有时讲不出来也瞎扯蛋，只要最终把故事圆了就行。现在孩子大了，有自己的独立思想，唬弄她是很不容易的，她能随时指出你的破绽来。我说，这个故事发生在美国，一个小伙子因为贫穷，在纽约大都市难以过上温饱日子，又渴望自己活得有尊严，怎么才能让自己活得有尊严呢？他背着行囊朝贫穷的西部出发了。看他的行囊破旧不堪，身上穿的一套牛仔衣裤，也是脏兮兮的。不用你猜，也知道他在城里的生活很落魄。他三十岁的样子，个头挺高的，即使没有一米八，也有一米七九的样子，不用去量他准确的身高，因为他不胖，还偏瘦，却结实。这点从他的胸肌上判断出来的，他为什么要放弃大城市？一般情况，无论有钱没钱的人都往城市里拥，连讨饭的叫化子也是到城里去讨的。而这个牛仔偏偏要往贫困的西部地区去。

"他去西部干什么呢？"女儿插嘴，这是她从小养成的坏毛病，不过我已经习惯了。他去山里淘金矿石，他想碰一碰运气，谁又不想发财呢？以他目前的状况，只有得到一笔横财，才能回到纽约过上等人生活。可现实往往是残酷的，谁能一夜之间暴富呢？除非你找到了上好的金矿石，就会有人为你投资，你当老板才有这个可能发大财。而关于西部找金矿石是他道听途说的，到底是真有还是谣言只能说是一个未知数。

女儿又打断我，问："这个牛仔叫什么名字呢？"我说呀，这外国人的名字一长串，我记不住早就忘得九霄云外了，现在为了讲得易懂一些，我给他先起个中国式名字：谭道德。女儿就反对，太俗气，不如叫吉姆吧！吉姆就吉姆，反正名字只是一个符号而已，无所谓好坏区别。如果哪天我的那本书出来了，我再把他的名字改过来也不迟。女儿说："那你就接着讲吧！"吉姆起初并没有下决心去淘金，是他一连两个中午午休，做了两个很美好的梦，他居然都相信了。第一个梦：是梦见自己爱上了一个法国巴黎的金发女郎，她正等着他过去迎娶她。他为此发愁，他连最基本的生活都难以保障，又怎么去娶巴黎美女？恰恰第二天中午，他又做了一个梦：是梦见自己到了西部，找到了金矿石终于发了财。所以，他在做了第一个梦醒来，也只是笑了笑，又摇了摇头。他没有钱，连路费都没有，又怎么可以漂洋过海去寻找梦中情人，完全是一个白日梦？可第二天的午休，又做了一个白日梦，当醒来之后，他就坚定不移地相信自己不是做白日梦了，而是上帝在眷顾他、暗示他。

于是，他上路了。

其实，在此之前，这个城市就已经传说有人在西部找到了金矿石，在这个城市里传得沸沸扬扬，还有不少人信以为真，去西部找金矿去。多少年过去了，也不见谁发了财回来，而去了的人当中，大多就死在西部的荒山野岭了，尸体如果没有被野兽吃掉的话，那些来淘金的人无论谁看见了，就地挖个坑把尸骨入土为安。当然这种做法没有谁规定，但他们都自觉地这么做。因为说不准哪天自己有个三长两短，也会有人替他收尸的。那些没有找到金矿石而死在西部的人，一般都不愿意回到原来的地方去安葬，也要埋在这个可能有金矿的地方，死了之后灵魂还能继续寻找金矿。

吉姆想：与其在这座城市做底层公民，每天苟且偷生，没有尊严地活着，还不如去传说的西部闯一闯，他发誓不找到金矿石决不回来。何况，他的梦是那么地真切，他似乎没有道理不相信自己的梦。吉姆说了一句让我回味起来很有哲学意味的话。他说：人为自己心中的一个梦去毕生追求无怨无悔。而死亡不过是迟与早的事，又何必去在意生命的长短呢？（大意如此）

吉姆是幸运的，第一次出远门遇到这种麻烦事竟然又轻而易举地度过难关了，接下来，吉姆辞别小镇穿过一片孤寂的开阔地，可以想象一下，一片在白热的空气中颤抖着的土地上，马车的车轮深陷沙土里，正午的天空像一座不透气的帐篷在大地上，一个人行走在这样尘土飞扬的路上，即使是一个酷爱旅游的人，恐怕也受不了片刻。

所谓金矿石其实是一小块单个的依附在贫矿矿脉上的富矿石，又叫矿囊。有人说，如果运气好，找到一个优质矿囊，最明智的做法是把卖矿的钱去投资做生意，可这样的人少之又有，他们往往选择寻找下一个矿囊。一把锹，一把镐，一个淘金盘，一个放大镜，就是主要作业工具。也许，找到下一个需要二十年，甚至到死也没有找到。而吉姆已经开始了他的勘探之旅，在广袤、神秘、孤寂、荒凉、恐怖又美丽的沙漠地区，一晃五年过去了，吉姆来到了一个山谷寻找，山谷的谷底有溪水，他在这里舀起砂砾观察，用放大镜分析。这时候，一个年轻妇女朝这个方向走过来，却跌倒在溪水边奄奄一息了，还有一个出生才几天的婴儿正在吃奶，古姆看到这情形不知所措，他要她振作起来，他想办法来救她，可她还是摇摇头表示撑不住了，很快就在吉姆的眼皮底下断气了。我记不起这个妇女怎么来到了这个沙漠地区，又要到哪里去？是吉姆挖坑葬了她的。随后，吉姆只好怀抱这个哇哇大哭的婴儿，看来他饿了。吉姆认了婴儿为干儿子，起的名我记不得了，就姑且叫小吉姆吧。这回我女儿没有反对，我就可以顺顺当当往下讲：吉姆这时候就要考虑如何安置小吉姆的问题，尽管吉姆身体结实，经过这几年风餐露宿，越来越壮"如牛"了，却挤不出"牛奶"，就只得去求助镇上的女人了。他沿着山谷回到了那个小镇上，这个小镇也是淘金人过往落脚的地方，镇上的女人见小吉姆既可爱又可怜，大家就一致同意收留了这个孤儿，开始从这双粗糙的手传到另一双粗糙的手上，便有了小吉姆吃百家饭的人生。而吉姆又去找矿囊了，临走承诺只要找到了矿囊，凡带孩子的人家都有股份。

三

　　小吉姆在小镇一天天快乐地长大。

　　十岁那年，他就感到不快乐了。人家的孩子有自己的爹娘，而他是孤儿。有一天，小吉姆失踪了，全镇几乎倾巢出动寻找，还是没有找到，大家都很着急。小吉姆是大家的孩子，怎么会无缘无故地失踪呢？这里又没有黑心窑，更没有人贩子，他会到哪里去呢？"只怕是找他的爹娘去了？"女儿在猜测。是的，一点也不错，他去了。偌大的西部山区要找一个人谈何容易。

　　小吉姆出现在山谷里，他要寻找吉姆。这已经是初冬了，随时有可能大雪封山，小吉姆不知道危险性，只觉得自己两手空空如何去见吉姆，一心想从山里打一只野兽作为礼物。已经几天了，看见花栗鼠追不上，这家伙太敏捷了，有点像我们乡下的黄鼠狼，是很难打到的。有好多斑鸠之类的鸟在地下草丛觅食，一靠近就飞了，小吉姆奈何不了这些飞禽走兽，却把自己折腾得精疲力竭，幸亏还能找到野果子充饥。一只山鹰在头顶盘旋，小吉姆抬头一望，雪花就下来了，且一下子鹅毛雪就下大了，山坡上白茫茫的一片，天渐渐暗下来，气温也越来越低，小吉姆赶紧往山上爬，他想翻过这座山找到生机。这时候，他看见雪地里来了一群野羊，他就奋不顾身地去追赶它们，谁知这些羊根本不走，就这么傻傻地望着他，也不避让，他感到头晕目眩，身子轻飘飘的无力，栽倒在雪地里。这时候，他脑海里一片空白，什么也忘记了。就感觉自己在羊群堆里被羊拥挤着，那密实的羊毛带来的温暖让他蜷缩着的身子有些许的舒展，就这般昏睡过去。不知过了多久，感觉羊群的骚动，他的身子也跟着挪动。这一切，都在一种迷迷糊糊的状态中进行的。他睁不开眼睛，黑与白溶在一起就一个样了，是浑沌的，也是飘渺的。他没有了方位，没有了视觉，也没有了听觉，什么也没有了。等他终于苏醒过来，已经是黎明了，大地上远远近近银装素裹，而上苍派来拯救他的野羊仍站在他身边，在雪松的枝条下晃动着头上的大犄角，注视着这片茫茫白雪。这一切原来不是梦，小吉姆觉得自己的灵魂在战栗着，待他站了起来，拍打着身上的积雪，羊群挪动有了一段距离的位置再也不理睬他了。这时候，太阳出来了，大地上升腾一种少有的气象：那积雪耀眼的白，像一座洁白的宫殿出现在海上，飘浮在蔚蓝的天空中。那云朵游动，在峡谷里像波浪一样起伏，那山坡羊群中的头羊，四蹄轻扬，一下子，羊群一齐向山坡下冲去，扬起一溜雪尘……

　　故事讲到这里，我不知如何往下讲了，停顿一下，端了杯茶润一润嗓子，顺便梳理我的记忆。而女儿已经感动得稀里哗啦了，直说小吉姆造化人，是有福之人。可不是，当他翻过这座山，就看见一个人向他迎面而来。不是别人，正是吉姆。小吉姆老远就凭感觉认出了吉姆干爹，吉姆也认出了小吉姆，两个人从两个方向迎面奔跑……其实这场景适合慢镜头，让画面一帧一帧的，电影电视剧中类似的剧情也是这样表现的，但我偏不这样，我要切开到另一个场景去再回来。

　　吉姆几天前就梦见小吉姆来找他。所以，这几天吉姆就来这座山找小吉姆，如果不是来找小吉姆，他是不会再来到这座山的。因为他曾在这座山待过几个月，完全排除了这座山有成色好的矿囊，他在内心深处已经打差差了。他清楚记得小吉姆的娘死时托孤，而今又过去十年了，也就是说，吉姆已经四十岁了，年轻的时候来淘金，转眼已经被岁月拽到了中年，很快就要进入老年了，两个梦一个也没能实现，仍然孤身一人，他的意志开始动摇了，觉得年轻时易冲动、草率，就想起了小吉姆。他不想要金子了，只要小吉姆。真的，他已经十年没有看见小吉姆了，他的儿子，上帝送给他的好儿子。于是，他晚上就做了梦，梦见小吉姆来找他。早些年，他经常做梦，反复做着同一个梦，金矿和巴黎美女。现在很少梦见了，梦见小吉姆次数却越来越多。

这下好了，儿子就在眼前，不是梦，是活生生的小吉姆。他们各自朝对方的胸口打了一拳，然后两个人就哈哈大笑，并在山坡追逐，所谓乐极生悲，小吉姆不慎绊到了一根藤，摔了一跤，掉进一个坑里，大吉姆见状立马跳下来，其实坑没有多深，好象是设陷阱套野兽的坑，废弃多年了。小吉姆不过擦破了点皮，并无大碍，包扎一下就好以了。如果这一切不是上帝设置的一个小小的局，大吉姆也不会如此欣喜若狂，他居然发现这个坑就是上好的矿囊，真是踏破铁鞋无觅处，得来全不费工夫。大吉姆紧紧抱着小吉姆。

吉姆找到了金矿了，这消息很快传遍全镇，大家欢欣鼓舞吉姆也兑现了他十年前的承诺。这是一个特别优质、也很大的矿，他们在这里开采了十年，似乎还有采之不尽的矿石。这时候，刚替小吉姆过了二十岁生日的吉姆就失踪了。小吉姆成了矿山的合法继承人，受到大家的拥戴，过着快乐的日子，至于吉姆后来怎么样？我就不说了，留个悬念让你来猜。

四

后来，女儿把我的故事复述给她的同学们，我并不知道她是如何复述的。反正她回来不高兴，是她的同学们反对她的狗尾续貂：女儿让吉姆去了法国巴黎，寻找那个梦中的金发女郎，并且还真的准备结婚，而婚礼要设到西部矿区小镇上来，小吉姆他们得到了消息，就开始张罗，一定要热热闹闹办出特色来。可她的同学们有的说，好是好，很圆满的结局，还不如让吉姆改变主意，让他来中国旅游，中国的大好河山深深吸引了他，就乐不思蜀了。

女儿让我说出真正的结果，我告诉她：我记忆中的吉姆是真的失踪了，也有可能是归隐了，反正不知去向，因为故事中并没有交待，真的要靠读者的想象力了。

第三辑
一条鱼能游多远

我在洞庭等一片帆

一

在洞庭湖垸内的一个小村落里，我的一声啼哭和鸣了堤坝外的涛声。打那一天起，注定了我的一生属于洞庭湖。就像渔船上的木桨扬起来溅起水珠，坠下来仍落在大湖里，注定和大湖血脉相连。如果不幸被大湖泼了出去，泼到岸上，或长满庄稼的土地上，也许，一滴水会完完全全消失。如同草尖上的一滴露珠，不是被风化，就是被埋葬。不要以为明天草尖上的露珠，还是昨天的那一滴。所有的生命都是唯一的，没有重生，而重生，永远只是人类美好的愿望。

我的生命，就是一滴水的生命。

谁在乎一滴水，之于一个湖的命运和遭遇？

一滴水，只有融入大湖里，才能创造出生命的奇迹。

每天，听着大湖的波涛声长大的我，耳濡目染的人间故事多与湖水有关，与堤坝内外贫贱的人有关。至于千百年来，那些地位显赫的帝王诸侯，无非是权力斗争或风流韵事，不值得我用祖先创造的汉语词汇去赞美，顶多在茶余饭后当一碟作料喷洒口水。而对以个体生命创造劳动价值的最底层的人予以崇高敬意。或许，他们没有惊天动地的大事发生，他们甚至是卑微的，一个弱小的群体，却像我们湖区劲风中的芦苇不屈不挠。他们真实存在，无关大时代背景的痛痒，却如烙铁打在我的身体上，还结出了伤疤的痂。稍微触及岁月留下的伤痕，还会有隐隐的痛感。

痛感，是记忆的标签。

二

那时候，整个垸内都是单调的水稻和棉花，其他农作物属稀有东西。上面的大领导说：要给我们调整产业结构，说棉花卖不出去，价格很低，决定改棉花为甘蔗。这个大调整，就从我们青港村试点，村里人始料不及。我并不知道甘蔗为何物，后来听大家议论，才知道是用来做白砂糖和红糖的。分场领导到我们村开群众大会，告诉我们一个大喜事，总场还准备建一个大型国营糖厂，说我们村以后的日子，就会像蔗糖一样甜蜜。一下子，村子炸开了锅，大家奔走相告，比过年还来劲得多。终于熬出来了，有盼头。国营农场的职工，从此可以享受国家带来的政策红利。不用开动员大会，大家个个争先恐后要求去广州调蔗种。没有被选上的劳力还牢骚满腹呢，埋怨他们看不起人。

那年秋天，被选中的五条汉子才有资格上广东，这成了一种至高无上的荣誉，令不少人羡慕不已。一条帆船，带着全村的企盼与希望，从青港码头出发，驶入湘江，往南、往南，直上繁华广州。掐指十天半月，有人亲眼看见回来的船过了长沙，又过了湘阴，听到这消息大伙不知有多兴奋。不少人纷纷跑上大堤，眺望从南边过来的帆船，准备迎接壮士凯旋。那次，我没有去，是后来听回来的人说：运蔗种的船出事了。那是在傍晚时分，帆船在湘江入洞庭湖的地方，天空乌云汹涌，很快下起了大暴风雨。有人说，如果这时候靠岸歇一夜，明天再走，也许，就不会出事了。可他们归心似箭啊，再行二十多里就到家了。谁愿意快要到家门口，还赖在船上过夜呢？何况，这么多天的水上生活，已经把他们累得够呛，大家巴不得早一点回家，去享受家的温馨与快乐。心想，再使把劲，一鼓作气，就到家了——

谁知这时候，桅杆来不及收就折断了，帆船被波浪掀翻，五个人只上来两个，还有三个留在大湖了。

用生命换来的蔗种，在村干部的督促下，村民们连夜就捞上来了。而那三条好汉的尸体却在几天之后，才从大湖下游的磊石山一带浮上来。那尸体和汛期漂下来的死猪一样浮肿，没了人形，死相很难看。死者家里人做过道场后，像埋甘蔗种子一样，让死者入土为安了。死去的人，渐渐被人淡忘。生老病死或意外死亡，时有发生，好象死亡是一场再寻常不过的仪式而已，我们这些孩子将葬礼当成一种节日，可以在现场捡几个鞭炮放一放，让这种响声驱赶游荡的巫鬼。而埋入地里的甘蔗种子，则由民兵日夜严加看守。谁也别想从地里扒出一根半截。那年冬天的雪，下得特别大，仿佛是要把所有的伤痛一并覆盖。每天的放学路上，我都要经过这个重地，还看见了站岗的民兵在烧野火御寒。

来年三月初，正值甘蔗植种季节，几个坐吉普车的场领导前来视察。谁知，从地里挖出来的蔗种全部烧死了。原来，村干部担心蔗种埋浅了不防冻，就指挥村民把种子埋得深深的，连"气眼"都没留几个。准备好的植种仪式，就这样不欢而散。后来，有几个人被五花大绑了，还连累了不少人受批斗。不过，那批被土地烧坏的蔗种我吃到了。除了有一点点酸外，那甜，还是千真万确的。这是我人生第一次吃甘蔗，远比商店的糖果还甜呢？

于是，我记住了有一种农作物叫甘蔗。

在梦中，还常常梦见自己大口大口吃甘蔗。那时候，我还真不知天底下会有比甘蔗更甜的东西。第二年秋天，村子劳力大多不肯上广州买蔗种了，危险性大。

父亲第一个报了名。要不是头年死了三个人，也轮不到我父亲。他除了成分不好，主要不会驾船，还不会游泳。会水的那三条汉子还把命搭上了，而不会水的父亲，和两个不怕死的村民却乐意冒险前往。况且，还比头年少了两个人。那一刻，我对父亲的壮举简直崇拜。出发前，母亲来到青港码头，去送父亲。母亲还在骂骂咧咧，你这等于去送死啊。母亲没有把我父亲从船上拉下来，也拉不下来的。就知道他认定的事，是不会反悔的。而我认定父亲就是帆船上的那根高高的桅杆，是不会折断的，一定能顺风顺水。我每天数着手指头，盘算着父亲回家的日期。

母亲吩咐我，快到湖边去等船，认一片有补丁的帆。

去等船，就是看我父亲的船回来没有？

我沿着湖堤朝上游走，不放过任何一片从上游飘过来的帆。

我主要是认一片右上方有一块大补丁的帆。我记得出发的前几天，我母亲还替那块帆布打过补丁，整块帆的布都很旧了，成桐油色。唯独那块补丁是新棉布，白颜色的，格外显眼，像蓝天上的一朵白云。盯着碧波万顷的湖面，我在寻找标志性的补丁。我认为，一眼能认出这条帆船来。谁知道，从湘江水道过来的帆船何止几百条，像这样晴朗的天气，怕有上千条。当中也有不少打着补丁的帆船。所谓"江帆见惯风都熟，楼槛凭多月亦温"，我看尽湖帆，眼花缭乱，也没找到父亲的帆影。整整一个上午，我已经赶了二十多里。从青港码头，到了推山咀码头。大凡经过的船只，会在这里歇一下脚。这里的港湾虽比城陵矶小，却也是一个重要的水上中转站。从长江入洞庭的大货轮，走湘江上长沙，就往往要在这里改小机船或帆船。一艘大货轮靠码头，总要掀起很大的波浪来，把那些小鱼船抛得老高，不时传出骂人的声音，又很快淹没在嘈杂声、湖水声、以及尖叫的汽笛声中，像打了个水漂，很快无影无踪。

夕阳西下，湖面"半江瑟瑟半江红"。我居然老远就认出了父亲的那条船，凭的感觉。而那船并没有靠岸，稳步朝下游驶

去。目测帆船距堤岸两百来米，我兴奋地招舞着小手大喊："爸
——爸——，爸——爸——"按理，父亲是听不见我的声音的。
湖面的波浪发出的声音，风的声音本来就大，平常在湖上两条船
擦肩而过，一般只打个手势算是问候了。而父亲似乎听见了我的
喊叫声。怎么听见的，是一种感应吗？我不知道。只见父亲站在
船头，桅杆一样笔挺，也向我打着手势。小小年纪的我并不知
道，装着满船蔗种的船不能轻易靠岸。我看见父亲在跟另一个人
争吵。看样子，那个人是想靠岸让我上船，好让父子团聚。船靠
过来十来米的样子，又很快复了起先的航道。

是我父亲制止了那个人。

我与帆船平行地走在堤岸上，那感觉难以形容。

从此以后，甘蔗大片大片地漫延开来。

我的故乡，就被这种叫甘蔗的农作物重重包围。这些绿海连
天的蔗林，后来并不是一件多么甜蜜的事业。甘蔗种植和收割的
过程，是很苦、很辛酸的，也并不能改变贫穷的境况。我曾在
《农历者》的长篇散文中详细地记载过，这里就不累赘了。

三

我也曾无数次奢望离开这个村庄。1984 年冬天，我终于义无反
顾地逃离了这个贫穷的村庄，来到了古城岳阳，并在 1986 年考取
了一所高等专科学校，以为从此就可以改变命运了。因此，我发奋
学习，在大学期间时有文字见诸大型报刊，一些媒体及名牌学校纷
纷来校打招呼，而学校正在考虑我留校事宜。谁知，三年后毕业
了，我并没有如愿留下来，或分配到城市工作。我又一次被命运捉
弄。最终，又回到了这个农场工作，心中的积郁在短时间是消退不
了的，就养成了平日独自一个人到大堤上散步的习惯。有一天，我
忽然发现湖上似乎少了什么，又似乎多出了什么，一时说不出到底

多了什么，又少了什么？人显得更加失落，且又感到茫然。

这时候，一艘轮船拉响了汽笛，向身边的码头靠过来……那嘈杂的声音，撕裂了我的眼帘，掐断了我思想的路径。这种宠然大物的出现，把我从繁杂虚无中惊醒。

我猛然觉察已经多年没见过帆影了。

大湖之上，那惊涛骇浪中的帆影，从记忆里驶过来了——

蓝天白云之下，我是岸边一棵青愣愣的小草，以翘首的姿势仰望天空，把神秘的远方一遍遍揣摩，太多的疑惑压在了我的心头。经过大学三年的熏陶与浸染，我开始对一些事物或周围环境进行有限的思考，且大多在情感上，理性思考少，流于表面，十分稚嫩。我甚至怀疑，我的这个农场来历不明：好好的一个大湖，我的父辈他们为什么要切下一块土地呢？这与杀猪的屠户有什么本质区别啊。是啊，我的那些乡亲，在大湖的身上割下了一坨肥肉，喂养了我以及故乡的亲人。你看那围垦出来的长堤，多么像屠户手中的那根草绳子，轻轻地拎起了这坨肉。

那些年，我甚至怀疑大湖的阳光也来历不明。就像我怀疑帆船的来历一样，有太多的东西让我无限猜想……

那阳光是金色的吗？为什么照在我们湖区人的身上，皮肤立马就变得黑黝黝的，像大湖里漆过桐油的渔船，还泛着光亮；

那阳光是固体的吗？像物质的东西，像铁，也像煤，里面一定包裹着火吧？晒得人燃烧起来，还能把湖水煮得发烫；

那阳光是液体的吗？水能凝固成冰，阳光也能溶解在水中，像甘蔗糖一样的溶解在水中。可大湖的阳光，并不是甜的，而是咸的，像我们从身上流过汗水的肌体，搓出几粒阳光一样咸的盐籽。而空气里的味道，是浓烈的腥味，又还不止是腥味，中间夹带着庄稼散发的气息，牲畜身体的气息，还有粪肥的气息，这些统统经大湖的风一并糅合搅拌，老远就闻得这股气息扑面而来。

那大湖上的风，是有颜色的。可以是太阳的颜色，可以是雨水的颜色，也可以是花草树木的颜色。这些变化多端的湖风，像海妖，让人捉摸不定。有时她一手举着岁月的刻刀，一手又摸出无情的鞭子，走到哪，刻到哪，抽到哪。在我们湖区平原，人是土地的仆人，庄稼的仆人，有谁的身体上没留下湖风的刻削和鞭打？

那挥之不去的、标签一样的记号，已经烙入了我的筋骨中了。

湖风不识字，偏偏乱翻书。它一来，便兴风作浪的水妖，整个垸内飞沙走石，树木乱颤。湖面又是一番情景：那书页似的波涛快速翻卷，层层叠叠，浪花飞舞，蹿出三尺高是最常见的。帆船对湖风的记忆远比我深刻。波峰浪谷里，最能看见生命的顽强和不屈的力量。被湖风撕碎的不止是垸内的庄稼，也有大湖里的帆船。所以，生活在这一带的人，常被比喻成洞庭湖的麻雀，见惯了风浪。

生活的磨砺，让他们不惧怕什么。

四

忆念起来件件是酸楚的故事，我就不一一叙说。因为，我一时半刻还没做好心理准备，来承受这种超载的负荷。于是，我就有了写作的冲动。这时候，我脑海里闪念的还是帆船与其他有关故乡的记忆，它们像一道灵光，照亮了我封存已久的仓储。这远逝的帆影，猛然让人怀念少年郎的青春岁月，它们因苦涩而甘美，因忧伤而怀念。而今，这些已经时过境迁了，我再也回不去了。也许，偌大的洞庭湖，之于大轮船、大货轮，一叶帆船，多么渺小，像一根湖上漂浮的稻草那样脆弱，随时可能被波涛盖过头顶，掀翻，甚至撕碎。可就是这一叶盛满湖风的帆船，却在洞庭湖激荡了几千年，成为湖区人的生命意象。在水运不发达的年代，就是这一根高高的桅杆，用绳索扯起一面粗布帆的小船，乘风破浪，引领帆船行驶在浩瀚的洞庭湖上，甚至漂入长江，闯入大海。所谓南极潇湘，北通巫峡，帆船成了这片水域的主要交通工具。

在洞庭湖，能常年累月枕着波涛书写人生的，无疑是那些浪尖上的渔民。尽管我打小时起，就喜欢到垸内的沟、渠、河、汊去捕鱼，却成不了一个渔民。这好比我家种的一棵桃树，还有一棵梨树，它们即使生长在同一个屋檐后的坪子里，享受同一片阳光、雨水与空气的滋养，哪怕气候再和煦灿烂一些，桃树还是开不出梨花，而梨树也开不出桃花。

一个物种，只能结一种因果，此乃天经地义。

我不想去探讨人类改变其他物种的基因做法的道德伦理意味如何，我只是始终遵循个人的情感伦理。无论这个世界如何改变，也改变不了对养育我的洞庭湖，以及对湖上那些大大小小船只抱持的一种特殊情感。

五

前些天，我在岳阳楼下的湖边散步，看见湖面比记忆里的大湖缩小了许多，已经没有了"浩浩荡荡，横无际涯"的气象。看上去，眼前的洞庭湖沦落成了一条河，还显出老态龙钟的模样。河道上仍然热闹，船只往来穿梭，除了大货轮，就是挖沙船了。又或许正值冬季的禁渔期，连小划子船也看不到踪影。湖面的背景噪声很重，好似普罗透斯辞了波塞冬的差事，潜入洞庭湖，寻找咄咄逼人的美人儿。

岸边涛声仍旧，可帆船已经杳无音信地远逝了。

人生里总有许多东西于不经意之中失去。我记不清最后一次看见帆船是何年何月的事了。这不如季节变化，看不看见，置身其中，身体是知道的。若是夏天，甚至还有鼓噪的蝉鸣不间断提醒我。当蝉鸣声越来越稀薄了，我的身子就能感觉到凉意，而冬天更加深了人对季节的触感。可我偏偏忽略了帆船的影子，它们在何时驶出了我的视线，一点也没有引起我的警觉。

熟视无睹的事物，常常在失去了许久之后，才会突然想起，反而由此鲜活起来。当一个少年的青春岁月，随洞庭湖的帆影一道，业已远逝之后，我只能从影集中翻出当年拍摄的帆影，对一个时代的黑白底片行注目礼。

湘西来的女人

上世纪七十年代中叶，苏姨不知为什么山一程，水一程，从湘西嫁到我们湘北湖区平原的这个小村子里来？而我最早对湘西的地理概念源于苏姨。从她的身上，我读出了湘西的遥远和神秘。

那时候，我还是个十岁的小屁孩，苏姨二十出头了。她来到我们村子的前一天，就已经脱下了苗家服装，也没有戴苗家特有的银质头饰。她穿着一身不蛮合身的蓝色宽大的汉族服装，系了一根束腰的红绒线，头上扎了好几根辫子，齐腰长，左看右看，说不出哪里不对劲，有点新奇，又有点别扭，这些却掩不住她天生好看的那张脸蛋。我说不出她的打扮味道，反正我打一眼见到，就喜欢看苏姨的样子。我还打心眼里佩服她，不亚于佩服电影中的双枪老太婆。只是苏姨更年轻、漂亮。我就歪着脑壳想：苏姨要是生长在战争年代，说不定能成为一个了不起的女将军。退一步讲，就是错过当将军的机会，至少也可以占山为王，成为女土匪头子。那时候，我很喜欢看电影中的女特务女土匪穿制服，夹支香烟吐烟圈，那姿势特迷人、特拽味。我每每还偷家里待客的岳麓山牌香烟，学着吐烟圈，往往把自己呛得眼泪都出来了，就是不能吐出一个烟圈来。我很小就学会了抽烟，后来成为烟鬼无疑与学女特务有关。

苏姨不抽烟的，我就想象苏姨抽烟的样子，是不是比女特务还好看？苏姨有功夫和把戏，我从来没有怀疑过。我亲眼看见村里彭家老五欺负他男人成分不好，而这个彭老五仗着是村里的大户人家，有七兄弟，又有彭老二在乡里搞治安，谁家都不敢惹他们。只要他家看不惯谁，谁就会倒霉。不是挨一顿打，至少要被痛斥几句，还不能还嘴，不然后果可想而知。村子里谁拿他家都没办法。自从苏姨嫁给我们村子里谢家老二，苏姨出手，露了几招，情形就不一样了，简直就是乾坤颠倒，让全村子里的人拍手称快。

听说苏姨使得一手好苗刀，弯弯的那种。比我们的柴刀小巧，又比镰刀要大，且有形状。她把苗刀丢出去，刀能拐弯，有人亲眼看见飞出去的苗刀在空中拐了几道弯，割了彭家老五的一把头发又飞回来了。说是警告，下次可能就要见血了，把那个彭家老五吓着了，从此不敢为非作歹。我看见过她用苗刀打猪草，割红薯藤，没有看见她飞舞苗刀的壮举，但我不知怎么就相信她有这个厉害功夫。苏姨成了村子里的传奇人物，常听人家议论她。大家只知道她是苗族人，来自湘西，具体是湘西什么地方的人，她似乎从没有告诉过人家。也许说了，村里谁也没有到过湘西的苗寨，也不记得。有人猜测其中有什么隐情，谁也不敢冒然去打听。我娘与苏姨是见面亲，一下子就成了最要好的姐妹。我那时候就是弄不明白个中道理，反正挺高兴的，人家以后也不敢欺负我家了。

苏姨人长得高挑，皮肤又细嫩，五官又好，从外形看，要说多漂亮就有多漂亮。我们这里的人，无论男女老少都风里来、雨里去，谁也没有她的这般水色。苏姨自然是最出众的一个了。

苏姨嫁给谢家老二，村里人说：一朵鲜花插在牛粪上，谢家捡了狗屎运。

　　谢家办喜事很简单，只是请两桌饭，可来看新娘子的人特多，村里男女老少都来看。我母亲就帮她家招呼人客，也就是烧开水、倒茶。茶是我们汨罗江一带特有的芝麻豆子姜盐茶。其实我们那里最客气的是红枣煮蛋或甜酒冲蛋。要知道，谢家老二家里穷，讲不起这个礼数。谢老二论辈分我自然得喊谢叔，我跟着人家喊谢老二，有时也喊谢把式，是因他有一身牛力气，能干粗活，性格温和。由于出身的缘故，三十岁还没讨老婆，穷得连一间像样的毛房都没有，分家后一直住在村里牛棚改造的房子，隔壁就是牛栏，出了门就四处可以看见成堆的牛屎，经太阳一晒，硬化了。气味虽然比牛刚拉下时的稀牛屎要淡，可毕竟是不好闻的。何况还有牛要从这里过身，时不时拉下一堆来，不小心就会踩着的。村子里的人似乎从不惧怕牛屎，这是上好的农家肥，人们似乎还感到特亲切。倘若是晚上，还会有人拎着簸箕来偷拾。大家挤到谢老二门口，有的站在坪子里，当然不会是来讨碗茶喝，跑过来寻热闹，大伙是来看个究竟的，是不是人家传说的那样美？

　　在我眼里，苏姨如同仙女下凡，即使她不嫌弃谢老二，在这个如此恶劣的环境里生活却没有半句怨言。来的时候，她听不懂我们村子里的话，而我们村里人也听不懂她的话，可苏姨有语言天份，三五天就学会了我们的地方方言，可以与人交流了，这种过人之处是让人始料不及的。

　　听灵通人士说：她是逃婚来的，还用苗刀砍伤了对方家两个人，曾经一个人躲在大山里几个月，后来是经一个汉人干部多次周旋调解才平息的。而这个人是谢老大，在湘西工作。而苏姨嫁给谢老二也是他的媒人。所谓肥水不流外人田，才有了苏姨山高水远地跑到我们这个地方来。谢家老大自己也是找了一个苗家姑娘为妻的，人家说谢老二能讨到老婆真是不容易了，居然还有这门好亲事，乐得屁颠屁颠的。苏姨有几门绝活，太凡谁家孩子肚子痛、发高烧等病，只要吃她的药保管药到病除。苏姨大方，每次不收分文，很快赢得了好口碑。尤其治疗牙痛病更是厉害，只要这人从她身边经过，她就知道对方有牙痛病，无一例外。彭家那个当官的老二，本来是来谢家找麻烦的，他扬言要替彭老五出气，还带了民兵来捉人，一进谢老二的家门，苏姨就迎上去了，一点也不害怕。倒是这帮人愣了一下，望了望这位彭干部，彭嚷嚷："人呢，出来，免得老子动手！"谢老二从里屋出来，不知自己犯了什么事，感到有些恐慌。苏姨喊："不怕！"彭的那气焰似乎是非拿人不可。苏姨冲彭老二说："我看你莫非有牙痛病？"彭老二很惊讶，她怎么知道自己有牙痛病，以前从没有打过交道。他在心里打着肚官司。经苏姨一说，张口就说：

"是的，又如何？"

"我为你治好！"

"如果治不好，哼哼，我连你一起抓，别怪我欺负女人！"

"你就等着瞧吧！"

苏姨是那么从容应对，这份豪气让村庄许多男人咋舌。只见她把一勺黑乎乎的粉末放在火烧烫的瓦片上，冒出一种很奇怪、很刺鼻的气味来，她用棉签蘸着药粉蘸在牙齿上，一会儿，一条条小小的牙虫爬了出来，死了。大概不到一个小时，所有牙虫都死了，苏姨说好了，彭老二这才不得不佩服，问她用的是什么药？苏姨不告诉他，说这是我们苗人的秘密，彭老二有些忌讳苗人，就问她是不是会法术？苏姨说我们苗人会放蛊，我们村子里传说那是门很厉害的法术，彭半信半疑，抓一个民兵往他前面一推：

"你试一下给我看看，不然还是抓人。"

把那个民兵也吓着了！苏姨看这情形也不容易躲过，就手舞足蹈起来，口里念叨着什么？忽然这个民兵就喊身上痒，越来越痒，跪地求饶，只见苏姨画了个符让他吞食，之后又让他在屋后那条河里去捉条鱼说捉鱼上来就能好了，这个人哪还说什么，赶紧跳到河里，只十分钟的样子就捉了条鲫鱼，上来一问还痒不痒，回答不痒了。太神了，把来的人都吓唬住了，无不惊叹，说这个苗族女人不简单，还不知多神奇。苏姨问他们还抓人不？彭老二见这情形还哪里敢抓人，连忙赔礼道歉，灰溜溜地跑了。

从此，村子远近都传颂苏姨如何了得。

我也当起了苏姨的吹鼓手。

我有时也为此感到疑惑，苏姨怎么会知道人家有牙痛病，那个民兵又中了什么蛊？我去问娘，我娘也疑惑，去问苏姨，苏姨千叮咛万嘱咐不能让别人知道。娘悄悄告诉我说：那是你苏姨的秘密，可不能乱说的。我这才知道，一般口腔奇臭的人大多有牙虫，苏姨是凭经验猜测的。至于那个民兵也不是中了什么蛊，苏姨并没有放蛊的本事，原来是苏姨裁剪一只化纤袋子时，化纤碎末不小心弄到了自己身上感觉奇痒，只要洗个澡，就没事了。我笑得前仰后翻，觉得太搞笑了，聪明的苏姨利用这个发现装神弄鬼，把人家唬弄得往水里跳，还真以为要捉到鱼才能治好病，村子里人传得神乎其神。我后来也学着用化纤末子试玩，还真灵。我学到了这个功夫，简直有底气多了，不怕其他小朋友欺负我。

几年后，发生一件大事，我对苏姨更是景仰。

那个年代收音机是个稀奇东西，能听到好多平时难得听到的东西，我父亲从省文化厅他原来工作的单位回来，一个老同事送了一台收音机给我父亲，回家后就放给左邻右舍听，谢老二更是爱不释手，我父亲就转送给了他。这下就热闹了，大家都拥到他家里。很晚了，大家都散了，谢老二还不能入睡，先是兴奋，后来是害怕，因为谢老二知道了调频率，却不知如何关机，收音机里面出现《美国之音》，当时这可是敌台，本想到我家来，可收音机里面的声音比白天大多了，害怕出门被别人听见，不知如果是好，苏姨更不懂，可她不是很慌，她想了个办法，用棉衣把收音机包裹起来藏到米缸里，这时候声音就小多了。苏姨想呀，我们的夜猫子累了也要睡觉，我就不相信美国人深更半夜还不睡觉，谢老二觉得有道理呀，折腾到了凌晨三四点钟了，两口子这才放心去睡觉。苏姨睡得并不踏实，好象听见后门有响动，又起来去看门，并未发现有人，还怀疑是夜猫子捉老鼠呢，又去睡觉。突然一阵急促的敲门声，两口子被惊醒，不知又发生了什么事。这才天刚蒙蒙亮，民兵营长带了几个人来了。说是有人举报谢老二半夜里收敌台，还发电报给美国，他们奉命前来搜捕。好像他们都是特务似的！收音机最终被搜出来了，可经过昨晚放了一夜，电池耗尽不叫了。聪明的苏姨不认账，还说藏在米缸里是怕人偷，非得要找出那个告密的人来对质，不说她就念经，她也就知道是谁告的了。那个心中有鬼的人浑身发热，双腿发软，是被吓的，自己站出来了，原来是那个老色鬼，喜欢夜间游魂，看见苏姨家还亮着灯，就扒着窗户听壁隙，以为人家在做爱，扒了一个多小时，被蚊子咬得起了不少包，什么也没看见，就隐约听见收音机的声音，又听不清里面在说些什么，仅仅怀疑是敌台，就不管是与不是，反正不能白扒这么久的窗户，于是就告状了。那时候，诬告不是什么稀罕事，莫名其妙地被关起来的人也曾发生过几起。于是，围观的群众都指责他太无聊，因为几起事都是他诬告的，村民早对他恨之入骨，民兵营长不知是惧怕，还是也觉得没证据不能就这样拿人，就把告密者臭骂一顿走人了。后来有人为此事专门来调查苏姨的身世，也是无功而返。

　　苏姨不下地干农活的，不是她不干，是她没有一件农活能干好，一般总要弄出些麻烦事来。要她棉花锄草，草没锄几根，棉花苗却锄了一大把。让她插田，她脸上身上都是泥水，变成了大花猫。她老公就干脆不要她下地了，留在家里洗衣弄饭。其实洗衣她也不会，几件衣服常常要弄上几个小时，还洗不干净。我娘常替她洗，一锤一搓，三下五除二，清水一漂，就好了。我娘有时也纳闷，能干起来可以玩飞刀，可以跟村子里的男人叫板，"有种的放马过来"，说不能干吗，针线活和农活总是笨手笨脚的。可她的饭菜弄得又比谁的都有滋有味，就是好吃。只是没有速度，慢点！

苏姨在村子里人眼里真是个谜！

她先后生下两个男孩，谁也不知道她是一个什么教育方法，她自己不认得几个字，孩子们却从小就会读书，又听话。我们进城三十多年，我娘间或去看她，带来些关于村庄的消息，又是谁死了，哪个又得了绝症活不了多久。我的那个村庄，我越来越陌生，也就很少去了。娘去年还带来苏姨的消息，说她大儿子博士毕业两年多了，在北京一家外资公司管技术，能挣大钱。小儿子也硕士毕业留在深圳。苏姨家现在也离开了村子，搬到镇上去了，谢老二开运输车，还办了个打米厂，日子红火着。苏姨经营米厂，兼顾为人家看病，忙是忙了些，收入还可观。尤其两个儿子每月寄钱回来，她就乐得整天合不拢嘴。

那天苏姨被我娘接来岳阳城里住，住不到两天就住不习惯喊回家。我后来弄清了原委，是她不敢过城里的街道，怕穿来穿去的车辆。我起先还不敢相信她会这么胆小，以前不是天不怕，地不怕的？我娘说她第二天不要人陪，要自己上街走走，可快要吃中饭的时候，还不见她回来，我娘着急，让我弟上街去看看怎么回事？她又不会用手机，她儿子帮她买了一个，她只看时间，从不打电话。她说她不是舍不得电话费，是怕打电话有辐射对身体不好。谁若说她不会用，去教她，她会生气，说看不起她。这下好了，上了街回不来了。我弟是在丁字口找到她的，才知道她哪里也没去成，在这里站了两个多小时，说她晕车子，腿都酸了，问她怎么不走人行道，她说还是怕，车子很快就过来了，会撞人的。我弟哭笑不得，把她牵了回来。吃中饭的时候，我也回了家陪一下苏姨，苏姨一见我很不好意思，就说："不要笑话我啊！

你苏姨今天说亮相话，其实我一直就胆小！"怎么可能呢？我从小敬佩的苏姨怎么会是这样的。以前的那些很英勇的举动难道都是假的？

苏姨道出了原委：说她刚来不久的那些事，是一个苗家高人告诉她的一种防御方式，到一个陌生的地方生存，要想不受到欺负和伤害，就要显示出自己的强大来，并教了些小把戏给她。所以她经常设想一些可能发生的事情的面对方式，也不知在家演练过多少次。其实每次遇事之后，自己心里还是很害怕，好些天也不能平静内心，生怕被人家看出破绽。只是后来日子久了，她也习惯了，真正融入了村庄里，成为其中的一份子，也就平常了许多，人家也不是自己想象的那个样子，所以她每次为人治病分文不取。她甚至后悔自己当年装神弄鬼，吓了不少人，还一直心存愧意。

娘说她以前那么好的身材怎么几年就长胖了呢？我娘那天去医院体检，让她陪同一起去，顺便也检查一下身体，她死活不肯，谁也读不懂。后来我们打电话给她老公才知道，她得了绝症活不了多久，所以她最害怕医院，他恐惧这个宣判死亡的地方。我想：医院何尝不是予人重生的地方呢?！苏姨怎么啦？

有时认识一个人真的需要很长时间，甚至是一辈子。

我花了三十多年，还没有真正认识苏姨。

她对一切陌生的东西都害怕伤害到自己和家人，于是就带有强烈的防御意识。以前苏姨一直不肯进城来玩，是不是存在着这种心理障碍和心理压力，连她儿子多次带她到大城市去玩，都被她以各种理由拒绝了。她生怕儿子们带她进医院，因为儿子们还不知道她有病。她不许老公告诉儿子们，不然她就自杀。她怕儿子们还没有成家，在北京、深圳买房子要很多的钱，反正她迟早要死的，何必用冤枉钱。儿子们寄回的钱她一个也不动，说是替他们存的。

我还知道了苏姨自从嫁到我们这块土地上，就从来没有回过生养她的湘西，也不见有湘西的亲人来过。个中缘由她从来不说，谁也不知道。我也是最近才知道她还有一个珍藏了几十年的瓦罐，很沉，里面装的不是金银财宝，而是她贮存的眼泪。

我的眼睛一片潮湿……

苏姨到底还有多少鲜为人知的秘密呢？

苏姨的一生，我无法找出一个准确的词语来诠释。因为任何词语都是脆弱的，无力的。我只是感觉她人生的隐忍，是多么的悲怆，这需要多大的力量来支撑？

渊 薮

药引子，落水鬼，或鲤鱼精

我又看见了她蹲在屋檐下，手持一把大蒲扇，对着一个煤炉子扇风点火，我就下意识皱起了生厌的眉头。一年四季，我无数次看见这样的场景，谁说点煤火不是日常生活中的一桩小事呢？问题是她点煤火偏偏碍着我的事了，给人过往制造了不小的麻烦。看那些路过的人，一个个捂着鼻子走，就可想而知了。问题主要出在炉子上面的那个药罐子上，煮的什么稀奇古怪的药物只有她自己知道。那刺鼻的药味弥漫开来，绕都绕不过去。她家在上屋场，并且在路的北面，又挨路很近，而这条路是过往的唯一通道。村小学建在上屋场，我们这些下屋场的孩子上学天天要经过，便少不了背地咒骂她几声，表示不满。除非这天刮南风，让那气味吹到北边去了。

一闻到中药的气味，我就想：谁家什么人病了，让她这个活菩萨出面？还非要把炉子搬到屋外来鼓捣，是她自己也不喜欢这药的气味吗？我不知道她的邻居们是如何忍气吞声的？反正路过的人，都感到不是滋味，可见难闻的气味给人的感观刺激是不可轻视的。在她的屋檐下，煎药的坛坛罐罐还堆了许多。我曾想过趁她外出就诊的时候，去偷偷砸碎它。可这只是我的一个念头而已，始终没有付诸行动。是不敢，怕犯禁忌。毕竟这女人有点古怪，经常散发出一些佛佛道道的气味，让人说不清、道不明。我想，如果一旦触怒了巫鬼什么的，还不知会有什么后果。

那次放学路上，她拦截过路的学生，央求大家帮她去莲湖捡莲子，说是要用莲子做药引子，配一服上药。我不知道上药是什么药，但我很清楚村里人一般很少去莲湖的，尤其我们这些才上小学的孩子。不完全是地处偏远，主要是刘道士说过莲湖里有落水鬼。还说，一个落水鬼变成了鲤鱼精，喜欢引诱人下湖，然后拖人的双脚，直到人淹死后，吃人的尸体，讲得毛骨悚然。一听说让人去莲湖，孩子们作鸟散状跑开了，生怕被她抓住。不像我们平时玩老鹰捉小鸡的游戏，纯粹是一种娱乐。可这时候的她比老鹰可怕得多。孩子们躲她也就不足为奇了。

莲湖到底有没有落水鬼、鲤鱼精，众说纷纭。大人们常用此吓唬去湖边玩水的孩子。我从小就想象不出落水鬼的模样来，心想应该就是青面獠牙很凶很丑的那种吧？可又要变成鲤鱼精不知是怎么回事？在我心目中，鲤鱼还是很漂亮的，怎么会与落水鬼牵连起来？不是还说鲤鱼跳龙门吗？太多的不明白让我的童年感到这个世界神秘莫测，总有几分怀疑与好奇，又有几分恐惧笼罩着……

在洞庭湖，每年都会有淹死的大人，或小孩。这些个传说，也就不曾失传。

难怪地域文化及环境对人的影响是潜移默化的。

这些年，鲤鱼卖不起价是这一带不争的事实。人家外省还把鲤鱼当家鱼之首，而这里不吃鲤鱼由来已久，更没有人养了。

活菩萨

我是跟着乡邻叫她活菩萨的，我一直叫不出她的大名来。

或许我曾经知道，却忘记了，忘记得很彻底。也许是她的大名不好记，我压根儿就没记住过。我曾打电话问过娘，她也想了半天才告诉我，可我一会儿又忘了。而活菩萨的这个外号过了几十年后，我还能不假思索地记起，还有她的模样也清晰在目。以及发生在她身上的一些往事，尽管我不能一一地完整叙述出来，却也断断续续地记起不少来。也许，人的名字真的不重要，一个符号而已。而一个人身上发生的故事，却有生命力，能在不经意间穿越尘封的岁月，活灵活现地出现在眼前。

　　我不知道她从哪里来？她来的时候，我还没有出生。我上小学的时候，才知道有这么一个人，一个来历不明的人。

　　听人说，活菩萨外号也是她自封的。说她是来这里救苦救难的。起初，谁也不相信，以为她走火入魔了，说胡话。就跟着逗玩，喊她活菩萨。久而久之，喊习惯了，就改不了口。平日里，她很少与村里人打交道，与邻居也不大往来，大家对她敬而远之。偏偏有人间或寄钱给她，引起人们的关注和羡慕，甚至眼红。那年代，大伙日子过得都紧巴巴的，没得几户人家殷实。有一户人家的孩子生了怪病，诊病弄得家徒四壁，无奈之下，去找活菩萨借钱，被她拒绝了。但她说可以给孩子诊病，不收钱，却没人相信她。村里的人，只相信刘道士。尽管刘道士不是我们村的人，是隔壁村的。

　　那时候，村里人把面子看得很重要，谁失过一次面子的话，可能一辈子还会记得，甚至老死不相往来。从那以后，村里很少有人去活菩萨的家。

　　但她不在乎人家与不与她打交道，照常我行我素。

　　这地方人喜欢背地里议论人家，尤其是曾经得罪过自己的人。无事聚集在一团，一边喝着芝麻豆子姜盐茶，一边猜测寄钱的人到底是她家什么人？仿佛这些人不去替人家操心，日子就无法过去一样。他们说：看她这把年纪，还盘什么头发，穿什么旗袍？那也是我们乡里人穿的吗？有人神秘兮兮地说：你们不知道啦，她年轻时做过国民党政府的一个县长第三房姨太太。到了解放前夕，那个县长带着其他二房姨太太随蒋介石逃到台湾去了，单单落下了她。原因呀，很简单，没有为人家传宗接代，人家怎么会带她走呢？

可解放后的那些年她又在哪里呢？村里就没人知道了。

我们这地方处在洞庭湖的东部偏南，先前都是水泽，后来因了入湖的湘江水和汨罗江水的冲积，形成了大块的沼泽地带。1958 年围湖造田，一下子来了好多的劳力。修好堤垸以后，又移民了几万人。连一些讨饭经过的人，有的干脆留下来了。也有知青下放劳动锻炼的，也有不少右派分子来接受贫下中农再教育的。我的父母亲属于后面一种，双双下放到了这个农场。而活菩萨这些都不是，其身世便显得有些神秘。村里基干民兵审过她，想弄清来龙去脉，终因她死活没说出一个所以然，只有大把的鼻涕和眼泪，显得楚楚可怜。何况欺负一个女人，终究也不是光彩的。讲好男不跟女斗，是自古流传下来的美德，谁若欺负女人，是要遭人指背的。

活菩萨天生一个美人胚子，是大家一直都认可的。

有人说她来的时候，都四十多了，好像二十出头的小姑娘，不打扮也水灵、且皮肤白净细腻，有大家闺秀的风韵，不少男人去打她的主意，又没有一个人得逞。大家一个个灰溜溜的，从此不提及这档子事了，很让人好奇。

村里土著少，约两百多户人家，千把号人，大多是从各地迁徙而来的外来户，这样的结构组合融合在一起，比一般村子要复杂。有时一粒绿豆大的事，也能掀起轩然大波来，上屋场、下屋场很短的时间内知道了，并越传越远。

活菩萨这个人，在我年少的记忆里，一直还是个解不开的谜。大人们只是告诫孩子们离她远一点，至于个中缘由只字不提，就显得更加扑朔迷离。至于到底有什么，没有一个人说得出来。直到后来她诊好了傻蛋的怪病，大家才说她真的是活菩萨，也就再也没有人追究她的身世了。

村里谁也没有见过她的男人，也没有见过她的子女，两间平房独居她一人。我家五口人才居两间平房呢！这多少让我有些忿忿不平，也不知道她到底是什么来头？也从不见她下地干活，她的农活居然还会有人抢着干。她不煮中药的时候，就四处游走，说是专诊疑难杂症。

有一次，她居然把那个刘道士比下去了，便远近响当当了。也是从那以后，她才正式行医问诊，一会儿仙的，又一会儿道的，让我总感觉她是在装神弄鬼，我娘就警告我不许乱说。

傻蛋的怪病

傻蛋得的一种怪病，怕黑。天一黑就发病，一时抽搐，一时发狂，甚至不认得家人，乱扔家什，把屋子里弄得一团糟。傻蛋父亲杨老倌是个吝惜鬼，大过年也不舍得点灯，谁家不通宵达旦地点电灯？还放河灯驱鬼呢！这大年才过不久，这不遭报应了，让鬼摸黑进了家门，上了他儿子的身赖着不走了。杨老倌一看这情形就着急，才每间房子点上几盏煤油灯"补光"驱鬼，家里的人轮流看值。可傻蛋夜晚不睡觉，不停地哭哭闹闹，把一家人折腾得精疲力竭。第二天，大家还要下地干活儿，傻蛋竟呼呼睡大觉了，喊也喊不醒。一到傍晚，怪诞的毛病又开始了。

杨老倌花钱请来了刘道士，一连几天作法，又是在窗户上贴封条，前后门上贴关公像。刘道士说鬼已经上身了，要驱鬼辟邪。说来也怪，刘道士在他家里的时候，傻蛋不吵不闹，像正常人一样。刘道士一走，他的病立马发作，又吵又闹，说看见家里满屋子的鬼。闹得家里人不得安宁，谁也睡不好觉。可请刘道士要花钱的，已经花了不少了，杨老倌勤俭持家，多年省吃俭用的一点微薄积蓄被道士掏空了，还不见儿子痊愈。他就仰天长叹：这可得了哟，前世遭了冤孽，碰上了恶鬼。杨老倌先后生下三个子女，上面两个都是女孩，好不容易生下第三个是男孩，看得极重，起名阿丙，也就是老三的意思。于是，又只好把刘道士请来，并写下一张欠条：今欠刘道士为吾儿杨阿丙施法诊病费 120 元（壹佰贰拾元整），杨××字据。刘道士显得勉为其难，叹了一口气，摇摇头，把大腿一拍，并表示，要以性命来把恶鬼斗跑，把杨老倌感动得泪流满面。只见道士又画符，又念咒，之后，还唱道："天道毕，三五成，日月俱。出窈窈，入冥冥，气布道，气通神。气行奸邪鬼贼皆消亡。视我者盲，听我者聋。敢有图谋我者反受其殃。——我吉而彼凶。"过去我也听不懂这段咒语的意思，现在我能从字面上读出个大意来，是说宇宙生成的完整过程，显然是希望借助于宇宙间的浩然正气来镇邪避凶，祈求幸福。这也是神秘道家的美好愿望，的确也无可置疑。道士唱毕，傻蛋就真的感觉好多了，第一次夜晚安静地睡了一觉。第二天，刘道士让傻蛋把他的咒语背诵下来，每天晚上不停地念，还要吃炒熟的豌豆，说恶鬼最害怕人的牙齿咬响的声音，弄得玄乎又玄。

可刘道士一走没几天，傻蛋的毛病又犯了，杨老倌下跪也请不来刘道士，却请来了一个咒语：

四大开明，天地为常。

玄水澡秽，辟除不祥。

双童守门，七灵安房。

云津炼濯，保滋黄裳。

急急如律令。

这个咒语我至今能背诵，也是那时候念得太多的缘故。可咒语并没有给傻蛋赶走恶鬼，还差点要了他的小命。是活菩萨救了他，屋场里的人都这么说。我也不得不信以为真，因为这事还莫名其妙地牵连到我头上来了。途经杨老倌门口的活菩萨感觉他家秽气太重，一问杨老倌是不是儿子撞见了丧车，回来没有洗澡？杨老倌一想，原来是有那回事，傻蛋不仅撞见了，还一路跟着送葬的队伍到了坟山，捡了不少未炸的鞭炮回来。于是，活菩萨让杨家把家里的东西统统搬出来洗涮，并在家里洒了硫磺粉。然后，令傻蛋沐浴出来之后，举行拜谢大礼，一是接受活菩萨赠送的贱名：傻蛋。这个大家都好理解，谁家的孩子都有一至两个贱名，什么狗伢仔之类的。从此不要喊傻蛋的大名杨阿丙，就叫傻蛋。二是活菩萨突然要傻蛋拜我为干爹，这让谁都感到不适，这怎么行呢？我比傻蛋只大月份，还是同班同学，这会笑死人的，我怎么也不肯接受。活菩萨开导我说，人家傻蛋都接受了，你就帮帮忙吧，做件好事。我就这样莫名其妙地做了傻蛋的干爹，而不远处的磊石山成了傻蛋的干娘。没出几天，傻蛋的怪病就奇迹般好了。活菩萨的名号从此就这么传开的，都说她很灵很灵是个活菩萨。谁家孩子有什么不适都来找活菩萨，只有刘道士骂她是个鲤鱼精。

那次，我之所以答应她去捡莲子，或许是来自对她的一种恐惧。

外乡人，跑了

起初，我也不相信，莲湖还能捡到过了两冬的莲子？

头一年，洞庭湖区遭了特大旱灾，农场水位低的莲湖也干透了。那莲叶没来得及开花结果，就已经干死了。几乎是一夜之间，那些承包的外乡人卷起铺盖跑光了。看不见他们的眼泪，也知道亏惨了。

不能让外乡人跑了。生产队彭支书在群众大会上说：要多派几个得力的人，把他们统统抓回来，不拿赎金来不放人。我们集体的损失，要降低到最大限度。大家在台下议论纷纷，说天灾谁也不可抗拒，又怎么怪得了人家外乡人？还的确有几个人报名，大家一看这些人，都笑得喘不过气来，三个像女人的男人，外加一个像男人的女人，要去湘潭县抓人。就凭他们，只怕人去得了，却回不来。无非要点小心机，找个机会也公干一下，不仅能轻松几天，还可以多挣几个工分，仅此而已。彭支书摇摇头，似乎也没招了。

这事，后来让活菩萨给摆平了，说起来还不可思议，那些湘潭人主动投案自首，还认交了违约金。听人说，事情是这样的：一天晚上，几个屋场的路口或晒谷物的坪子里发现活蹦乱跳的鲤鱼，鳞片还闪闪发光，把那个村落的人吓坏了，有见识的长者说是鲤鱼精来了，村民连忙嗑头求拜，一会儿，那些闪闪发光的鱼不见了，眼尖的人看见活菩萨在黑暗里掠过，手中还提着一只竹篮子……

活菩萨真的是传说中的鲤鱼精？

这让我背后感到凉意，更加害怕活菩萨，更加不敢去莲湖。

莲湖是好大一片荒野之地，沟壑河汊边上的蒹葭长得很茂盛，只是离我们下屋场很远，隔上屋场更远。其实，说远也不是很远，最多不过五里路。感觉就像遥远的西伯利亚，一眼是望不到岸的。这块地方究竟多大的面积，我也不知道。听说有一万多亩水面，种莲的水面还没有这么多，大几千亩吧，四舍五入，约等于万亩莲湖。莲湖其实只是一个内湖，是当年围垦留下的低洼地带，像一个锅底，哪怕枯水季节，锅底的水也抽不开、放不走的。场里来过几批人看了一下说，这地方不适宜种庄稼等农作物，但种莲和养鱼还是可以的。

农场土地多，人口少，这个内湖算是多出来的面积，分场按照湖形湖貌划出若干块，归属若干个村来管理。各村并不看好这块水面，觉得太大、且远，尤其遭涝难以控制，也就闲置下来。后来，一些外地人要来承包，各村只管收租金，乐得个自在。过去，村里有过集体去经营的历史，以轮流派工的形式。其结果，汛期一来，莲田被大水淹没了，荷叶也看不到一片。花了不少钱放的鱼苗，几乎跑光了。第二年的情况更糟些，那叫颗粒无收。何况农场多的是土地，已经把人折腾得死去活来，人也把土地折腾得没了脾气。唯独对这块水面，显得有些无能为力。好像鸡肋，食之无味，弃之可惜。

第三年，租给了湘潭人，坐享其成。

这一年，风调雨顺，各家各户都受了益处。

我们这里的家塘也能看到茂盛的莲叶，荷花开得比莲湖的要灿烂得多，却长不出这般蓬大而肉实的莲子来。于是，我们这里的人，对这些外乡人刮目相看。

好景不长。自从湘潭人跑了，莲湖也随之抛荒了一年多。

活菩萨要我去寻找隔年的莲子，我以为她在骗人。活菩萨说：一定有的，熟透了的莲子掉下来，是不会腐烂的。

我知道，她要莲子做药引子。

障眼法

初春的平原上，一个字：冷！再冷也得去，我答应了她的事，就必须去做。男子汉一言九鼎。我不能一个人只身前往，心里有点发毛，需要一个伴陪着壮胆。我就去找傻蛋，一是跟他关系要好，二是自从活菩萨治好了他的病之后，他居然胆子变大了，夏天还一个人去莲湖偷过莲蓬。

我来到他家后门喊了几声傻蛋。傻蛋听见我的声音，就像一根弹簧弹了起来，立马从后门溜了出来，屋里传来傻蛋他娘的声音，莫去闯祸啊。在家里闷坏了的傻蛋，搓着手板，站在我面前等我发话，根本没有搭理他娘。

傻蛋听说去莲湖，青鼻涕都流出来了，小脑袋摇断，说冷死个人，表示自己感冒了，不愿意去吃冻肉。眼睛还朝后门望了一眼，他娘并没有追出来，而是把门重新掩上了。我说，不就是一个小感冒吗，没有什么了不起！我鼓励他。还说这是学雷锋、做好事，有好报的。傻蛋站在路口，一动不动。我连哄带拖，傻蛋还是不给我面子。我生气了，哼！不去，以后别想让我告诉你做数学题。情急之中，我用了杀手锏，谁知傻蛋不妥协，还怨我不讲道理，对他不公平。我说要怎么才算是公平的？傻蛋说：那么就划拳！三盘两胜制，老办法。以前，我与傻蛋之间经常以划拳来决定某一件事，我输多赢少。这次，老天保佑我，我赢了。傻蛋在路口站成一根木桩，半天没有想明白，怎么会输给我的？看样子还想要赖反悔不成？

我说，活菩萨还救过你呢，你不能忘恩负义啊！傻蛋瞪了我一眼，转过身来说，好吧，我就舍命陪"干爹"吧！

这天的雾大，地面还起了一层薄薄的霜，我和傻蛋走在通往莲湖的小路上。傻蛋家的花狗不知什么时候跟过来了，在我们前后左右蹿来跳去的，给我们增添了几分快乐。不觉中到了莲湖，这时的莲湖空旷、干裂，一条条缝隙能插进五个手指头，那纹路像横七竖八的世界地图，而我们似乎走在沙漠地带，像科普队员那样仔细寻找遗落的莲子。

还真的有。傻蛋先我捡到，我也捡到了。这些莲子大多栽在地里，几乎埋了一半的身子，只露出一截，且沾了泥印子，与湖泥的颜色几乎没有区别。如果稍不细心，还以为是螺头壳。我们没花多少时间，都捡了大半口袋。天还是那么冷，傻蛋的鼻涕虫流出来寸把多长，就不停地催促我回家。这个光景，先前的雾已经慢慢地褪去，太阳就清晰地冒了出来。我看看口袋，是该返程交差了。可傻蛋家的花狗不走，在那边叫个不停，如何使唤也不过来。那个地方，正是莲湖的锅底，连老莲杆都没一根，是不可能有莲子的。花狗为什么不肯回去？我走了过去，探个究竟。这一去，就惊呆了。那锅底的圆形水面上荡出细细的波纹，像无线电波，从正中央朝四周不断地扩大，在阳光的照耀下，粼光闪烁。那水面的中央，还出现茶碗大的漩涡，又不像是漩涡，一张一合的，颜色比水面稍深一些，呈铁青色。傍边的傻蛋拽着我的衣袖不松，越看越害怕，丢开我的手掉头就跑，口里直喊："有鬼，落水鬼！"他这一喊，我也不知所措，心想，还没有弄清楚到底是什么，至于吓成这样吗。

还以为傻蛋胆子大，我曾在心里暗暗佩服过他。

傻蛋在我面前炫耀他去莲湖偷了莲蓬。那青青的莲子肉，又嫩又甜，馋得我直流口水。傻蛋便带我去过一次。那是盛夏的一个中午。老远，我就闻到了东南风吹送过来的午荷的清香。走近了一看，我傻眼了。一条十米左右的南北干渠横亘眼前，这在平常是难不倒我的。生长在洞庭湖边的孩子，又哪个不会游泳呢？只是那对岸的干渠上，每距一两百米扎了看守的草棚子，成了我眼中最大的障碍。傻蛋把我的身子压低，藏在此岸芦苇丛中不出声，他要我为他看守衣物，待在原地站岗放哨，只要看见外乡人从棚内出来，就学野猫叫，发暗号。他从两棚之间穿过去，进了莲湖就没有问题了。即使看守的人驾着小划子进湖，他折一根荷杆儿，掐断荷盖子衔在口里，躲到水底就可以换气了。我不得不佩服傻蛋的机智与勇敢，这是我所不能及的。光屁股的傻蛋，那么轻巧地游过河渠，越过长满芨芨草、芦苇的河渠，进了偌大的莲湖。这时，草棚子出来一个中年男子，似乎是听见什么动静似的，在河渠坝上来回走动，急得我忘了暗号，大喊了一声："傻蛋，快跑！"我吓得拔腿就跑开了。回头一看，那人远远地望着这个方向，并没有来追。当我慢慢再过来，便看见傻蛋被捉了，光光的身子站在太阳底下受罚，我只能眼睁睁地望着，却没办法救傻蛋。

傻蛋还是外乡人送过桥的，手里还抱回了一把莲蓬。这倒出乎我的意料。傻蛋看见我，一个劲地埋怨我，胆小鬼。他还告诉我：那个外乡人可好呢！说吃几个莲蓬事小，过河淹死了就不得了。说以后想吃的时候，大大方方从桥上走过来。

今天的傻蛋，却如此令人不解。虽说，我心也空空，却还显得镇定。我才不相信这个世上有鬼。记得一次傻蛋没有背诵出课文被老师留校了，作为傻蛋的好朋友，我就留下来陪他。他怕走夜路，说是有鬼，向他的背后丢沙子。我那时也经历过，其实是村里的那条公路铺了沙石，人走快了鞋底夹带着沙子的缘故。晚上寂静，一片树叶落下来，也能听到细微的响声来。那种静得可怕的感觉，让人产生错觉情有可原。而今天，傻蛋在大白天的表现，就大大地让我失望。好在花狗不害怕，我的胆子就壮大了。从地下抓了一把泥，朝水中央扔过去，只听见"轰"地一声响，水花四溅，一条好大的鱼腾空而起，红里透着白，把我的视线刹那间抬起，又忽地落下来了，跌进水中发出"扑哧"的响声，我整个儿看傻了，好一阵子没醒过神来。凭我湖区长大的见识，我敢断定是条鲤鱼。我相信了我瞬间的直觉。

我回过头喊傻蛋过来瞧瞧，傻蛋却跑得很远了。

我不停地向那洼水面扔泥巴，鱼就是不飞出来了。过了一歇工夫，我的心慢慢平静下来了，水面兴不起半点的波纹，那鱼躲进水底了。我又不敢瞅得更近，那泥是浑泡的绒泥，丢团干泥还能把稀泥溅起老高，这一陷进去就会沉下去，永远浮不上来。我娘说过，她刚下放来这个地方围垦时，就亲眼看见有个知青跌进这样的沼泽潭中，慢慢地像被什么扯住了双腿，沉了下去无影无踪。岸上的好多人束手无策，只能眼睁睁地看着惨案发生。

我不甘心就这样离开，总是抱着一线希望，好像刚才的场景，还会在我眼前重演一次。

大致如此

等到日头升到中空了，鲤鱼再也没有出现过，却等来了大群村民，整整两牛车，怕有二十多个人，是傻蛋回去通风报信的。为首的民兵营长柳如意，是村上派来的。他们带来了水泵，说要抽干里面的水。我略有所知的大致如此：这些年来，村里投放了不少的鱼苗。我们也曾在平常季节里，看到大群的鱼优游嬉戏，总指望年底能有所收获。一到冬季干湖，就捞不上几条像样的大鱼来，连本钱都弄不回，让人百思不得其解。有的说，是不是被鲤鱼精吃掉了？至今，也没有一个人看见过鲤鱼精，倒是村民何必然被抓了，判刑两年还没有放出来。原因是他在晚上去莲湖偷捕过鱼。他是村里捕鱼的高手，一网下去不会打空转身，被远近的村民传得神乎其神。他被抓的时候，死活不承认偷了好多次，就一次。湖里年年干塘捞不上几条鱼，何必然浑身长着嘴也说不清。

去年的莲湖干了又没有鱼，就知道何必然是冤枉的，还没放出来，就有些说不过去了。据说，何必然坐牢是必然的，谁叫他当年跟彭正东争老婆的。虽然何必然抱得美人归，办了一场风与光结合的婚礼，而彭正东一直耿耿于怀。而今，人家做了村支书，大小也是个土皇帝。所以说何必然坐牢是必然的。何必然的老婆去求过彭支书，不看僧面看佛面。彭支书每次的态表得响当当，还每次得到了何必然老婆的身子。其实，彭正东才巴不得他出不来，以达到不可告人的目的。

彭支书的风流是出了名的。

那年春天，彭支书的儿子彭海军十七岁了，看上人家吴裁缝的养女吴素素，苦于人家不理他，还骂他是流氓。人家吴素素才十五岁，念初二，出落得有几分姿色，尤其笑声动人，像铃铛脆脆的，听着十分悦耳，傻蛋曾在我面前绘声绘色地描述过吴素素的美丽，简直就是仙女下凡。那时候，我懵懵懂懂，看不出吴素素怎么个美法，只知道傻蛋为她着迷，常常念叨人家，为了看人家一眼，就到村口的路边地里假装锄棉花草，实际是等吴素素放学路过，远远看人家一眼，他就能高兴好几天。我说人家吴素素被彭海军看上了，没得你的份。傻蛋不去找彭海军，和我翻脸。直到吴素素出事了，才跑过来告诉我，说要杀掉彭正东父子。

在我们这地方，一到春上，田间地头的蒌蒿茂盛，这种野菜人是不吃的——养猪。不像现在，蒌蒿炒腊肉是一道有名的土菜。而那个时候，蒌蒿和红薯藤一样，喂猪的青饲料，听说蒌蒿也只有洞庭湖一带才有。这种植物的生命力强，到处都是，但一旦每家每户都来采，再多也不够啊。

彭海军把看上吴素素的事告诉了他老子，他老子就出了个歪主意：让彭海军去告诉吴素素，带她到外湖（洞庭湖）对岸的滩上打蒌蒿，我们都知道，那里的蒌蒿长得壮硕，一般人家是去不了的，隔着好宽的水面，要坐船才能过去，彭海军有这个特权。吴素素不知道这里面有陷阱，便答应了。

我也是后来才知道的，吴素素被彭支书的儿子强奸了，村里传得沸沸扬扬。这件事不知后来是怎么摆平的。我知道吴素素从此辍学了，一年以后，就嫁给了一个其貌不扬的小木匠。这一年秋天，彭海军当兵去了，听说兵种是海军。

多年以后，傻蛋对这件事还耿耿于怀。曾多次表示要杀了那狗日的畜生，却一直没有动手。

浸眼，或天方夜谭

抽水机连续抽了几天几夜，柴油不知烧了多少，每天都有不少人来围观，一旦抽干了水，就可以看大家来捉鲤鱼精，连好久不来的刘道士也来了，看他的阵势是要降伏鲤鱼精的，以报那年输给活菩萨的一箭之仇。也有来看热闹的，想趁火打劫捞几条鱼，沾点油水。一连几天，水还是原来那个水平线，大家纳闷：一个这么小的地方，为什么会抽之不尽？

直到傻蛋的父亲杨老倌来了之后，围着这块水面转了几圈，谜底才被揭开。他说，这是湖底沙浸，连通洞庭湖，年年洪水把沙眼掏大了，洗空了。

每年汛期，内渍严重，电排拼命排渍，见效微乎其微，还遭内涝。而遇特大干旱年，即使内湖全部干了，而这一块锅底不干。因为它与洞庭湖的水位持平，要抽干这个锅底，就等于抽干洞庭湖，岂不是天方夜谭。

可在湖区，防讯应该是有经验的。每年都要防讯，摸索出查湖浸的经验来了，在大堤身段上开导浸沟，把堤身里面积聚的浊水引导出来，直到有清水流出来就铺盖一些沙砾石，堤坝就基本无大碍了。如果是垸内离大堤一二百米内出现沙眼浸，就直接用沙包去压住。沙浸不会离大堤很远的，往往就在附近。像莲湖这个大沙浸，居然离大堤好几里路远，不可思议。以前，也从来没有出现过。所幸这么些年来，居然没有导致溃堤的大灾难，已经是菩萨保佑，福大命大了。这个湖浸最后还是拖来泥沙给填平的。谁也没有弄到一尾鱼，来年照样有水，只是这年冬天干湖，莲湖第一次收获了丰产的鱼。

打那以后，我再也没有看见过刘道士了。

有人说他离开这地方，到一个很远的地方发财去了。还有人说，他在外面没混好，不好意思回来了。只怕死在外面也不知道，反正音讯全无。

人在江湖

而活菩萨离开村庄的时候，我是知道的，那是 1980 年年底的事了，天气很冷，雨雪交加。村子里刚好搞承包责任制，分田到户了，大家都缩在家里烤煤火。还是傻蛋告诉我的，村子里来了两台军用吉普车，下来几个解放军把活菩萨接走的。真的，这是我第一次亲眼看见这样的军车，还目送了长长的一程。

村子里灵通人士说她曾经是医生，原籍湘阴青潭人，姓王，丈夫是部队的一名高级军官，不知什么原因被坐了近 20 的牢，现在平反放出来了。她走后，那两间房子被村卜分配给傻蛋家里，一次，我随傻蛋去看看，傻蛋指着堂屋案台上的供奉告诉我，这个还是活菩萨留下来的呢，话里明显充满了几分得意。是的，我看到供台上有一尊菩萨，还有一尾鲤鱼。我仔细一看，这鲤鱼是木头做的，很精致，惟妙惟肖。让人称奇的是晚上，这木头鲤鱼就闪闪发光，我弄不明白这是怎么一回事？傻蛋也不知道！不久，带着少年的一些疑惑，我家也离开了这个村庄，关于村庄的人及往事像落入水中的一滴墨汁，也随之慢慢淡化……

前些年，我曾就读的那所大学搞校庆活动，我荣幸被邀请参加，学校还赠送了我一件文化衫作为纪念，背面印了四个大字：人在江湖。字是草书，笔走龙蛇，感觉有几分况味，不知出自哪位书家的手，这并非是我要弄清楚的，我感兴趣的是这几个字在黑暗处越来明亮。这时候，我想起了交通警察身上的夜光衣服，恍然大悟，原来这种能发光的东西是萤光粉啊。我想，当年的活菩萨，不，我得恭恭敬敬地喊她一声王娭毑，虽然她家的鲤鱼不再是神秘之物了，她也不再是那个神秘人物，那困惑我多年的灵异之物，随着时间的推移以及个人的成长经历，一切繁复竟变得如此的简单，却又耐人寻味。

一条鱼能游多远

一

一条鱼能游多远？

在这个无事可做的下午，我脑壳中突然冒出了这个闪念。我愣了一下，端着的小茶杯还停在空中，对望着我的嘴唇，仿佛杯子也想知道答案。而我端杯的两个手指头，显得木讷，无法优雅起来。还有我的屁股，陷在椅子上，一动不动。尽管大脑系统还在不停地运转，但显示出来的似乎都是错误信息，我一时半刻无法把这个信息解码。我并没有因此而停下对这个问题的思考。不是因为今天闲暇，我去为水生动物学家饭碗里的事操心。我还没有达到那种境界和能力，去管其他领域专家的学问。作为一个并非衣食无忧的业余写作者，我只是开始习惯认真对待每一个庸常事物，从中获取些什么有价值的东西，似乎也不为过吧？真的，感觉我这一闪念，一定有着它重要的来由，我总不会无缘无故就冒出来推敲。所以，为不让这个下午变得茫然、空洞、无涯，我玩味着这个句子带来的一些念头与联想。

一条鱼能游多远，我得通过自己的叙事方式证明这个命题的重要性。

我先把这个句子养在脑海里，就像把鱼儿放入湖水里。鱼自由自在地游动着，我那闪念的句子浮在水面上，浮标一样时隐时现，牵引着我的意念沉沉浮浮。我如一个江湖定力了得的老钓翁，把自家的阳台，坐成了湖的对岸。

似乎我的身体是一个宇宙星球，有太多的山川与江河，我还没有闲暇来一一探秘，却对一条鱼能游多远抱有浓厚兴趣。放眼江河湖泊，甚至大海入怀，那里都是鱼的世界，每一条鱼都有属于鱼的故乡。据说非洲有一种鱼无论它游到了哪里，每年的春天都要游回出生的地方产卵，哪怕历尽千辛万苦，甚至冒着途中死亡的危险，也要义无反顾地回到出生地。我不去探寻这种鱼体内到底藏有什么生命密码需要如此奔波？这让我想起了我们春运的艰辛，就看到了人类不也是如此的吗？

我体内一定有忘命潜行的鱼，我却忽略了，抑或是熟视无睹。

近来，似乎有太多的鱼在我体内游动，哪一条才是我意念中要找的呢？

我仔细盘问我的记忆，它是我内心的卧底，一直沉潜在我内心深处，也替我维持内心的秩序。记忆也是一个好的水手，它要为我打捞许多失传已久的往事，替我完成前期素材的收集，相当于我文字的助手、秘书。即使我的内心泛滥成了大江大海，也能摸清事情的来龙去脉，只要我的一声召唤，立马浮现出来。

二

立马浮现出来的信息，对上世纪 70 年代末反应强烈，这让我不得不重新打量审视那些年的背景材料，并小心印证我处在那个环境里所发生的一些事件，还真让我找到了蛛丝马迹。顺着这条线索，我回到了南洞庭湖的一个村落，那是我最熟悉的地方，我看见自己变成一个 10 来岁的孩子，背着一个破书包，穿梭在我的出生地。坐北朝南的那栋低矮的老屋就是我家，还与别人家的房子连在一起，有一截火车车箱那么长，我家居中间的那一间。我的父母呢？他们是不是下地还没有回来哟！大门落了锁，我没带钥匙，我进不了自家的门。我把书包往门口一丢，便倚在屋檐下等。我渴了，饿了。我正处在长身体的年龄，总是感觉一天到晚肚子饿。几个屋檐下纳凉的老人在话家常，似乎对我的出现总要评头论足一下，我不知道他们到底说了些什么，当我走近他们又什么也不说了。我猜疑他们为什么喜欢背地里议论人家？可我还是不得而知。

这些可疑的人，他们都是我的左邻右舍。

所谓远亲不如近邻，我不敢得罪他们。我挨个挨个地叫着他们的尊称，算是打着招呼。我有事没事总爱傻傻地笑。笑不是奢侈品，却是我拥有最多的东西，那么纯粹，那么不知道节制。所以我现在有些后悔了，我为什么要浪费那么多的笑？害得我现在想笑都笑不出来了，还要靠挤。可挤出来的笑又是那么难看，皮笑了，肉还没有跟上，皱纹却如蚯蚓一样，一条条暴露出来了。这不止让人家感到难堪，我自己也觉察到那么丑陋。

笑也是有生命的，它与快乐是双胞胎，且相得益彰。

笑靥如花，这个比喻很水货，可我曾经为自己学会了这个比喻，沾沾自喜过。就这么一个词语，在我贫血的年代里却带给了我快乐。这当然也是不可思议的事情。人不一定获得许多，才是快乐的。有时只需要一丁点的收获，就感到特别的快乐。也许，我的快乐来自别人的一个微笑；也许，我的快乐来自父母一个小小的赞许。少年的心事是透明的，可少年的忧伤是草莓味的，这也是我现在一去不复返的时光岁月，却能间或引我仰首长叹！

我从来没有对时光岁月怀有敌意，可时光岁月却盗走了我的微笑、我的青春年华，以及我忧伤的爱。我曾对着镜子打量自己，我已经被时光岁月的钝刀雕刻得面目全非。所以村庄已经认不出我，亦如我认不出越来越陌生的自己。

　　我无力混得像胡汉三回乡那样大摇大摆。

　　我的还乡之路谨慎小心，好象乡间的路似冬眠的蛇，醒来会突然咬我一口。或是被一截树枝、一粒石子绊倒似的，那么提心吊胆。我扪心自问，从来没有做过亏心事，却怕有鬼来吓唬我。

　　我的怀疑源自我的记忆。

　　记忆的水手告诉我，曾经的出身不好，这也是我一段时间里的痛，被记忆又戳了一下。是的，我因此暗地里埋怨过我父亲，他怎么就可以从"地、富、反、坏、右"黑五类里沾头连尾占了两个，这让我这个做后代的无论如何也自信不起来，也就理所当然成了贫下中农口中闲聊时的话题。让我一出生就成为被人家嘲弄的对象。我娘虽是个贫农出身的中学教师，却因嫁了我父亲，就被下放到了这个农场，当起了农民！从此，我娘处处谨慎从事，生怕惹鬼缠身。

　　往事历历在目。而今我居住在城市的小区里，伤痕犹在心坎。每每触及，还隐隐作痛。痛是我对生命的知觉与爱。杜米埃画过一张版画，画中的绅士穿着白缎背心，坐在一张高背沙发椅上，准确地说，他不是坐，而是扭曲在沙发上，两腿抽成一团，背向下弯成胎儿的姿势，他这是痛弯了腰的。沙发四角坐着四群小鬼，恶眼瞪着在那里玩把戏，他们用粗绳捆绑这位绅士的腰，另一些小鬼则欢天喜地地舞着一把尖齿的锯子，锯他的肚子，绅士满脸极度的痛苦。杜米埃给版画起了个标题：《腹痛》。任何人见到这幅画，都会有畏缩的反应，因我们多少都尝过肠阻塞或涨气而引起肌肉抽搐的刺痛，痛使人看出自己的有限。我们每个人都是穿过一位愁眉苦脸的孕妇的血肉之躯进入世界的，人出生的头一个反应就是呱呱而啼，是怕？是愁？还是两者兼之？几十年过去了，我们在痛苦中离开世界，有时候还免不了突发的最后一痛，在这一生一死之间，我们每天的生活中也都有痛苦潜伏在家门前。痛的作用与其他感觉相似，像味觉、视觉与听觉，都是由神经末端的感受细胞测到后，将之转变成化学及电信暗码，传给大脑的，而脑子就把那些信号赋予意义或解释。譬如脑子的一部分因接受了一些信息的刺激，我能认出我书房里的打字机，同时脑子的另一部分则告诉我，电话机响了。同样的，神经细胞不断地发射提醒我的头脑，我正在穿越时空进入一个村庄。

回忆恰似穿越。

而穿越何尝不是一种痛爱的过程呢？

这种穿越占据了我的大脑空间，掩盖了其他形式带来的快感。

正如我亲手打过不想好好念书的女儿，那是一种多么恨铁不成钢的痛爱啊。后来女儿长大了，并记住了我打她的那次的痛，也因此就理解了我的良苦用心。如果我当初采用溺爱的方式，却会贻误她今后的成长。所以，海伦说："痛是很有用的记号！"

村庄留给我的创痛正是我对村庄记忆的开始。

因此，我又乘着记忆的快艇，一次次驶向我的村庄。也是我人生之船靠岸的码头或港湾。即使我泊下船，浪花还在四溅。溅湿了我的记忆，湿漉漉的样子，我忍不住掉下一滴眼泪。

这泪水是涩的，显影出我青愕的模样营养不良；

这泪水是咸的，更加深了我对村庄的映象；

这泪水是热的，灼痛了我脚下的冒着烟火的土地；

这太阳总是明晃晃的，像春蚕吐出的丝，一下子霸满了整个村庄。好象我们村庄每一个人都是桑叶，被蚕一块块蚀没，剩下破旧房屋的骨头伫立岁月的深处。这就是阳光照得最多的村庄啊？到处光秃秃的，到处都是燃烧的感觉。人的生命置身于这种环境里，我恨不得躲进水里，躲过来自大地上的纷争与困扰。我开始对一尾鱼产生无限的羡慕之情。

细想：我何曾不是洞庭湖的一尾鱼呢？

何况那时候村里人把聪明的人比喻泥鳅，圆溜圆溜的那种。

　　和这些聪明人比，我那老实巴交的父亲无疑没法比。天性笨拙，靠勤劳还难以养家糊口。父亲由省文化厅下到了这个村子，接受贫下中农再教育。这个村与周边其他村落有所不同，那就是整个农场安插右派最多的村子，听说还有从中央机关来的，而我父亲比别人还多一个地主出身，如果我把村庄比作池塘的话，我父亲压根儿也不敢冒一个水泡泡。

　　近二十年的农事磨炼，以及间或挨批斗的经历，父亲养成了逆来顺受的本领，总是不吭声。可父亲也是乐观的，一有闲暇，就到沟渠里去钓鱼。

　　我从小爱钓鱼也是跟父亲学的。

　　我虽说喜欢下水捉鱼，可一般只能捉到小鲫鱼之类的，这让我总是不甘心，非要捉到一条像样的大鱼，才能向同伴们证明什么？尤其邻居柳二根居然能捉到一条三斤多重的鲤鱼，羡了我好些时日。看他那几天大摇大摆走路的样子，似乎就是比我厉害。这让我心底一直不服气，暗暗与他较上劲。一有机会，我就使尽浑身解数，一心想捉到一条更大的鱼，把柳二根比下去。

三

　　机会终于来了。

　　那个早晨，我还没从睡梦中醒来，父亲在南北干渠砍柴已经多时了。这条南北走向的水利干渠在村庄的东头靠近东大堤，而我们村庄邻近西大堤。之间相距大约十华里的样子。对于还是孩子的我来说，这地方很遥远，也很荒芜。父亲舍近求远，并不是完全因为那里的蓑草茂盛，而是那里没有人去占便宜。我知道就是砍下了好柴火，要挑回来也不是件容易的事。我们的农场大，土地肥沃，出门不远的沟渠就有很好的蓑草，只要砍倒，原地晒得几个日头，就可以不要费多大功夫挑回来，近！父亲平时有空就去村子附近的沟壑砍柴火，就是很少挑柴回来。家里的柴草所剩不多，又如何贮藏冬柴备寒呢？母亲为此不止一次生了父亲的气。都怪这地方有的聪明人啊，你辛辛苦苦砍下的柴火，他顺手牵羊。我父亲一辈子与人为善，从不与人争长论短。但他知道是谁偷了他砍的柴火，总是睁一只眼闭一只眼，让他去了。

于是就有了去南北干渠砍柴的事。

人家谁也懒得跑这么远，这已经不是什么小便宜了，而是要吃大亏才能挑回来的。我父亲不怕累，更舍得吃苦，这就坑害了我连带受罪。因为母亲让我去为父亲送中饭，而我虽然不情愿跑这么远，又不得不去。

上午十一点的光景，我已经提着饭走在林荫道上。

这条路很宽，笔直，路两旁栽了两排椿树，椿树不如杉木材质好，可它肯长，通常三五年就有十几米高，我们这里再也没有什么树可以与之相比的。那斜枝朝两边抄过来，一条上好的林荫道就自然而然地形成了。而树的东西两边各一条水渠，东渠用来灌溉水稻田，而西渠是灌溉旱地作物的。农场的土地大面积成区域划分作物种类，这也是便于电排抽水更加有效管理灌溉面积。风调雨顺的时候，电排一般用不上。村里人常在这两条沟渠摸鱼。而我爱在放水的时候在这里游泳，或在流水里钓游鱼。这两条渠陪伴我度过了好大一截童年与少年时光。

不知谁在西渠上游洗打农药的喷雾器，西渠的鱼中了毒开始浮头，村里人来了不少，捞鱼。有的在竹竿上安个丝袋去勺，有的用木棍的尾端装几根长针去扎，可以说是十八般武艺都用上了。这是难得遇上的场景，热闹、兴奋。可我着急啊，思想激烈斗争。留下来捞鱼吗？父亲还在砍柴，肚子一定饿了，正等我送饭呢。去送饭吧，又怕等我赶回来，我连一片鱼鳞也捞不上。

我是一个有疼痛感的人。我最终选择了送饭，是怕挨我娘的打骂。

我想我一定还能赶上的。可我来回近二十里赶过来时，已经曲终人散。我连个尾水都没有蹭上，人一下子赖在渠道旁起不来了。下午去地里干活的人陆续从我身边走过，我的邻居柳二根还嘲讽我，让我气打一处使，抓了一把泥砸过去。

抓了一把泥砸过去，并不代表我彻底失望了。

整个下午，我不甘心，就沿了渠道边懒洋洋地走，眼光总是落在浑浊的水面上，好像心里的那份失落，会有意外的收获填充。皇天不负苦心人，我终于发现浊水里有一线青色鱼背的影子，我心猛地提起了精气神，连忙下水去捉。待我下水之后，鱼听见了响动就往前面逃窜，我又赶过去，它又沉在浊水里不见了，我在水底捞了好久，仍然不见，躲到哪去了呢？我爬上岸守护，鱼又浮出了水面。我看清了，是条鲶鱼，怕有十来斤。这次我变聪明了，这里的水深，水草也多，鱼躲藏的地方多，加之这种鱼即使受伤，力量仍然不小，且光滑，是很难捉住的。我想了个办法，捡来一根长棍，从后面赶鱼，因为还往前面些的水浅，只要鱼进入浅水地带，我就把它的后路用渠泥砌上，再来掏水。这一招果然奏效，我用棍子从后面扑打水面，鲶鱼就拼命往我设计的浅水区游，终于进入了浅水区了，鱼的身子露出大半。我赶紧将渠拦腰围截住，再来捉鱼，经过几次折腾，弄得这条受伤的鱼精疲力竭，终于被我俘获了。

我拎着鱼，带着喜悦，逢人就说：我捉的，还活着呢！

浊泥是水的尘埃，就像灰烬是火的尘埃。

从此，我在尘埃的世界里乐此不疲。

只要电排打水，这两条渠就有人投放农药，我每次都去赶场，生怕哪一次落空。不久，就连那条电排河也难幸免，被人放毒了。我这次狠狠地捞了一回，从那以后，我们这地方的鱼就越来越少了，也越来越小，我捞鱼的兴趣也开始慢慢淡化了。其实，是根本没有野生鱼可捞了。

　　从此，我的水乡江南只在睡梦中依然如昨。

　　一到梅雨季节，水是满满的，处处可以行船。我喜欢划着小船去采野生红莲，还有棱角米，去捉爬上田洼晒太阳的毛蟹，或用棉花团去钓沟渠的青蛙，以及龙虾，运气好的话，还可以打几只野鸡、黄鼠狼，或者野兔什么的。

　　而今，野生植物也好，野生动物也好，都已经看不见了，连鸟也不多了。不久，我们家随父亲的平反而举家迁进了岳阳城。一晃三十多年过去了，我由一个青涩少年越过了青年时代，直接被拽入了中年。就像扎了一个长长的猛子，我猛然发现自己已经坐在城里的阳台上，正在打捞这段村庄的时光岁月。我舒了一口长长的气，记忆里还不断有鱼儿游过脑际，跃出眼帘。

　　反复出现鱼的幻影，就像听见一个落难公主的求救声……

　　那些肥皂古装剧总是追杀失落民间的公主。我常常看得心急如焚，却又一筹莫展，一个劲地埋怨导演。

四

　　我的村庄沦陷了，村民自己一手导演的。

　　他们人人都是苦情的导演，人人都是悲情的演员。我自从退出演出以后，成了为数不多的观众。我的关注显得那么微不足道，我的忧伤也是那么苍白无力。我甚至呼喊过，可又有谁来替我拯救呢？

　　这些年来，我心渐凉，去看生我养我的村庄的次数也少了。

　　前两年，文友熊育群与陈启文回岳阳，非要去看看我出生的地方，究竟是什么样的风物人情，我只好满足他们的好奇去了一趟。我也希望借这两位名家的力量，为我的村庄做点有意义的扶助。

　　车子从西大堤青港电排处下来，就已经拐进村庄了。

稀稀落落的房屋散布在这个湖区平原。

走遍中国任何乡村，总能看见在村落里冒出几栋漂亮的楼房，被葱郁的树木拥簇，给人感叹再穷也还有那么几户人家像模像样，成为过客眼中的亮点。可我的村庄没有。光秃秃的旧平房，间或也有两层的楼房，却也粗糙，有的甚至连外墙壁也不曾粉刷，有的屋顶部还暴露出泥砖来。

可想而知，这地方还是那么落后与贫穷。

一路上，甚至连一棵大一点的树木也看不到，这多少让我的客人感到吃惊。葱郁的树木几乎成为乡村田园生活的象征，而我们村庄什么亮点也看不到，平凡得让人不愿多待片刻。主路虽然打上了水泥硬化，可两侧的树木早已经伐完，两边的渠道里看不到水，杂草丛生，只有几只鸡在下面寻草虫嬉戏。这就是我当年常常游泳、捉鱼的地方啊！我想：就是这条渠道没有死，可能也不能用来灌溉了，水系不畅啊。为什么也不疏浚一下？我问过路的村民，他回答：谁来管这些事呢？我无语。因为我知道，那条用来排水的河流早就废了，正是水系不畅的原因，后来只好重新开了一条人工河，我去看过几次，尽管电排从洞庭湖抽水进来，而这条河已经失去灵动了。一条没有鱼的河流，是浑浊的，是死寂的，根本感觉不到生机。

从哲学意义上讲，人类的原罪其实是他那些过于强烈的自我意识和自由意志。当他意识到自己的尊严及能力而企图取代上帝时，他的灾难便开始了。说到底，整个人类历史就是他在享受自己的能力所带来的成果，同时也不断付出代价的过程。其实上帝是谁都不重要，重要的是我们都不是上帝，我们无权主宰宇宙、统辖万物。因为我们也是被造之物，我们所有人在运用自己的自由意志时，必须有所忌惮、有所收敛、有所敬畏。

1958 年之前，这个农场还是南洞庭湖的一块重要湿地，却被几代人围湖造田，衍生了一个个村庄，其中包括我的那个村庄。

他们欢呼雀跃人类力量如何了不起的时候，厄运的脚步却随至而来。1959 年的洪水一来，卷走了无数生命，那刚刚筑建的家园就被洗劫一空。擦干了泪水的农垦人，又开始重建家园。每年的洪水季节，就是人们与自然博弈的时候，成千上万的村民流离失所，还有无数人家带着微薄的家当，在防洪大堤上撑起帐篷，躲避洪水猛兽。1996 年的洪水高过防洪大堤近两米，上十万的生命危在旦夕。而东洞庭湖的钱粮湖农场以及华容长江边的那个垸子相继溃垸了，到处哀鸿遍野……

随后几年，大堤加宽加高了，洪水被困在堤坝外。

是的，我们获得了暂时的安谧。贪婪让我的乡亲们好了伤疤忘了疼，还在不停地制造新的危机。人与自然之间，始终难以协调，难以和谐。

我的朋友们摇了摇头，一脸的疼痛感，显出无奈与失望。

过度开发和破坏，生态环境几乎到了崩溃的边缘。

五

阳台上，起初的一个闪念，让我忧郁了整整一个下午。

本想到洞庭湖边走一走的，又放弃了。这个季节，洞庭湖进入枯水期，也是禁渔期，渔民早已经上岸，湖面到处都是挖沙船，洞庭湖满目疮痍，我实在不忍心去看。我还是待在我王家河边的方寸之间，哪里也不去了。可偏偏又听来一个新闻：我们小区前面那个香缇半岛小区的温州姓白的老板自杀了，一个这么大的地产开发商面对蜂拥而来的各种市场困境，这个所谓的成功人士游不过小小的王家河地段，走上了人生不归路。前些天，我们市内媒体还一窝蜂地为他打广告、瞎吹。转瞬又铺天盖地报道他死亡的消息，这让我感到什么都疯狂了，给人恐怖之感，好象到处都张开了血盆大嘴，现代都市人也无处安生立命似的。

大凡人的一生，喧哗之后归于宁静。

这种静，让我陷入沉思：人和鱼其实真的没有区别。鱼，看不到自己的眼泪，只因生活在水中。鱼的一生能游多远？鱼，不知道。

我又何曾知道自己的命运呢？

见过太多的生离死别之后，我开始淡泊了，什么名呀、利的，统统见鬼去吧。明天就要过年了，我却没有半点要过年的感觉，还是那样随性而为。父母调侃我："小时候，你老早就开始掰手指头盼着过年，现在怎么对过年无动于衷呢？"我无言以对，只是苦笑着。的确，我什么过年物资也没准备，我似乎已经没有了过年的概念。而我母亲却把腊鱼腊肉等必备物品替我准备好了，多次来电话催我搬回去。连年饭都早早安排好了，只等儿孙们回来团圆。他们还是那么看重过年，看重一大家子围在一起的那份热热闹闹的感觉。

这些年来，我在为生存打拼着、挣扎着，连回家看父母的次数也少了。

距离不是问题，我知道打车不过十分钟的距离。

我并非疏忽了父母内心的感受。

我的愁眉与忧郁实在不愿意带回去啊，让两位老人家为我担心。

前些天，我回家与父母拉起了家常。我对年迈的父母亲开玩笑说："如果你们百年之后，想不想落叶归根啊。"谁知他俩一个口径："没必要舍近求远，就在这个附近找处公墓吧！"看来他们俩早就打好了商量，是不能离子女们太远了的地方。所以，在随后的一个明媚的日子，我们兄弟为父母选择了一处风水很好的公墓，并带俩老去看过，他们笑得灿烂，看来是十分满意的。那种释怀，似乎是乐意看到了生命的彼岸。

而我呢？还在思忖：一条鱼能游多远？

人的一生，其实并不长。能活着看见自己的墓地，剩下的日子，就更坦然。母亲说的。所谓春有百花秋有月，夏有凉风冬有雪，若无闲事挂心头，便是人间好时节。父亲说的。在公墓走了一个圈，我的内心平静了许多。感觉筋骨也似乎活络舒展了，神清气爽的。发现我与这个世界，与我自身之间的关系都达到了一种最佳状态：简单、直接、完整。与事物直截了当接触，就能剥出生活的伪装。从此，我不会去奢求物质的浮华，更不会披上铠甲去面对生活，宇宙万物已一切惧足。

"面朝大海，春暖花开。"

众神造福人类的福音，已经布施在大地上无声无息，我只要细细倾听。

而我起初的闪念，似乎在这里找到了答案。

上屋场，下屋场

又一次，写到了我的村庄，我已经欲罢不能。

村庄如同一口深深的水井啊，是取之不尽用之不竭的源泉，成了我写作的母题。如果说，离开即背叛，这些年我已经羞愧难当！那年，我无奈地离开了村庄，只为寻找新的出路。而今，跻身于城市的我，仍然凭借将村庄这段人生经历转化为文字，来谋生、换取稿酬，补贴生存所需的油盐酱醋米。也许，苦难是一面镜子，它能照见我的人生之路。人说：水往低处流，人往高处走，是自然法规，我以此抚慰着自己，把那份心灵的纠结熨烫，平坦地面对笔下流动的事物，获取由此及彼的情感诉求。

一

我的村庄由两个屋场组成。起先，我真的不知道谁重谁轻了。西边的叫上屋场，东边的叫下屋场。之间相隔约三里路远。看起来，并不怎么搭界的两个屋场，却像两只盛装谷物的簸箩，由一根不算硬朗的扁担挑起，而这根扁担就是村子唯一的机耕路，可以两头延伸。

偏偏村部设在人多的西头上屋场，连学校、商店、村办企业也建在上屋场，给下屋场的人带来诸多不便。由于上屋场有近两百户人家，而下屋场连上屋场的零头还不到。我不知道，扁担有没有失重的感觉？反正下屋场的人，心里一直不舒服，有明显落了下风的怨气发泄出来，为无端又矮人一截而起纷争。孩子们上学每天也要多跑几里路，要是遇上大雨天，机耕路的泥泞几寸深，且滑。谁不心疼自己的孩子呢？向村里反映过，修修路吧，没得半点回音。反正，上屋场的孩子不担心被雨水淋坏，也不会摔跤什么的。因为，近在眼前。而下屋场的人，也曾为自己想过办法，弄些废煤灰或红砖碴子什么的，稍稍铺一下，免得孩子们因路滑摔倒。可惜呀，只要上屋场的拖拉机等笨重家伙过得几轮，先前铺的路又白费了，甚至更糟。因为这些碴子一旦与泥泞混在一起，对打赤脚的孩子们来说无异于埋下了隐患，容易硌脚。有时，还能像锋利的刀片一样划开人的脚板，这种流血事情不是没有发生过。下屋场的人很气愤，几个村民就搬来大石头堵在路中央，不让来往的车子过身。上屋场的村民知道了更来气，干脆把路挖断，让你下屋场的孩子过不去。你做初一，我就十五，谁也没怕过谁？路挖断了，孩子们逼得绕着路从田土里过，还是要到学校去读书，可土地的庄稼毫无疑问又要遭殃。而从地里回来的拖拉机也过不去，只好又把路复原，埋怨这是谁的屎主意啊，没有坑到下屋场的人，却害了自己上屋场的人？

而我家住在下屋场。我的小学，就是这么经历过来的，至今还记忆犹新。

二

起初，村里并没有下屋场，自然也没有上屋场这个叫法。就叫青港村。村因河流而得名。河流在春秋时代就已经有了，它与另一条河流沉沙港一样，都是汨罗江入洞庭湖的两条支流，相距也不到四公里。沉沙港因屈原在这里投江而扬名天下，而青港一直默默无闻。最早的青港村大约在上世纪五十年代后期才有，其实，村民也并非都是这块地方的土著人，但可以肯定他们都是在这里修过堤垸的人，也是从四面八方移民而来的，有的远，外省的；有的近，邻县的。他们无疑是最早一批把湖洲围垦起来开荒的，那种先到为君的优越感随之而来。他们选择西堤内侧安营扎寨，这里的地势相对高一些，也平坦一些，不容易被大的雨水淹渍。几年后，外来人口多了起来，村部让这些人离他们所谓的土著人远一些。这些外来人口中，大部分不是右派，就是知青下放的。当然也有本地人，是少数几户人家，他们是村里的几户干部骨干家。自然而然叫出了上屋场、下屋场。上屋场分五个生产组，下屋场两个组。大部分干部住上屋场，只有个别干部后来才搬到下屋场。后来，我离开村庄时才知道这些干部是安插在下屋场的"哨兵"。怪不得我家大小事村里都掌握得一清二楚，还以为人家有千里眼，顺风耳哩！

自从分出上屋场、下屋场之后，两个屋场常有矛盾冲突，主要矛盾是水利灌溉上的纷争。在没有承包到户之前，反正是统一调度的，并没有这些纠纷，一旦承包到户后，问题就出来了。由于上屋场的田土都在下屋场的上游，雨水一多，下屋场的田地容易受渍，而渍水又不是喊排泄就能排泄得了的，有时真是眼巴巴看着水把田地淹没，也无可奈何。而村上摊下来的排渍费用又高出上屋场许多，这让下屋场的人哑巴吃黄连有苦说不出。可遭旱灾年成，电排引来的湖水经灌渠由上而下分流而至，有时上屋场的田地灌满了水，而下屋场的田地还在冒尘烟，滴水都没有。下屋场的人一着急，就到上面的灌渠去堵分水口，而上屋场就扒口子，难免不发生械斗，头破血流的事经常出现。

那时候，我也守过水，一守几天，也不见水下来。有时明明看见水已经到了我家不远的上丘田，就是下不来，这往往是尾水。我守候几天都是徒劳，人真是急得肉痛。而排水费摊派下来，居然又比上屋场的高，理由是灌溉路途远些，耗费要大些，这就让下屋场的人集体造反，冲击村部。好在这个年代取消成分了，大家都一样，底气与前些年要足多了。最后各退一步，所有费用按面积平均摊，就不分上屋场下屋场了。

我家灌不上水，我想出了一个很阴毒的招，在半夜里溜到上面的田垄上，用铁棒从垄底多钻几个眼孔，再到下丘田如此复制，一个小时钻它上百个孔洞，水自然就从最上面泄漏到下丘田，一直引到我家田地里。到第二天，上面的全部漏光，而下屋场田地也就吃饱满了。上屋场的人第二天发现水没有了，知道有人搞鬼也无可奈何，因为水又不能往上流。从此，各家各户开始日夜守水。以后，上屋场的人也不过分留水了，害怕留了也是白留，也少了抢水的纷争。我也犯不着采取这种方式去偷水，毕竟说出来不好听坏自己的名声。

这时候，我初中毕业了，成了一个地道的农民，面朝黄土背朝天。

三

两个屋场一个村，即使打断了筋骨还连着皮。有冲突归冲突，走动还归走动。谁叫上屋场的女，嫁了我们下屋场的郎。或者，我们下屋场的女，被上屋场的郎娶走了。这儿女感情上的事情，由不得父辈作主。这从某种意义上讲，有一股无形的力量加速传统观念的瓦解。两个屋场出了什么新的恩怨和矛盾，这种结亲的调解远远胜过了村里行政的调解。这让人想起宋朝、唐朝或更久远的朝代动不动就采取和亲的策略，现在想来无疑还是有积极意义的。

那时候，村子里每个月少说要放两到三场电影。尽管放电影都安排在上屋场，从来都没在下屋场放过，大家也默认了。太阳还没落山，下屋场会有人在坪子里喊几声：早点吃晚饭啦，去赶电影。有的孩子连晚饭都不吃，带一个烧红薯，搬了凳子、椅子，早早到放电影的露天坪占位置。我一般比别人去得稍晚些，因为我更喜欢每天侍弄菜地，不是给菜地松松土，就是浇浇水，哪怕闲也要看看我种的蔬菜又长没有？那份感觉也是很美妙的。但并不等于我对看一场电影无动于衷，又不是去救火？何况，电影都是放的重演，早就看过的。无异于复习一遍课文作业，有那么值得我赶早吗？去，我还是要去的，我很少从家里带凳子去，有上屋场的同学为我代劳了，这件事一度让我狠狠地虚荣一把。我能把作文写到几乎每节作文课当范文，让我那些同学羡慕得围绕着我转，恨不得还要我家干脆搬到上屋场来。这自然是我那同学的一厢情愿，要是真有那么轻巧的事，一个村两个屋场就不会出现那么多摩擦。我要是真的来得晚，电影开了场，黑咕隆咚的找不到人，我会去搬坪子边上的泥砖，坐到幕布的反面看，也是津津有味的。只是看完电影，我绝口不提没有位子坐，生怕人家笑我，没面子。我从小自尊心强，把面子看得很重，这一点让我活受了多少罪。自己说出去的话，哪怕是坨屎也得认栽。学雷锋的时候，我一发热，接过邻居家刘老倌的水桶，以后我来帮你挑。刘老倌虽说是五保户，但身体还好扎实，侄儿几个都不来，我却抢了这活干。我认为，反正我要为家里挑水的，一拖二，顺带。这一带，就是整整两年的长工，才因刘老倌喝醉了酒，淹死在青港河里面而停止。

这一年，我加入了共青团员，还是青年突击队员呢！

四

不是所有劣势都在下屋场，这种地理上的劣势有时又恰恰成了优势，所谓有失必有得，这也是下屋场安慰自己的最好良药。村里大部分田土都在东边，也就是下屋场这边，上屋场到田地里干活明显要辛苦多了，比如去犁田，要用肩膀杠着犁走几里路远。有人花钱置一辆牛车，或板车拖着笨重的农具下地，这些人往往是家里稍微殷实些的人家，家境差的也有他们的办法，就到下屋场找亲戚行方便。没有亲戚什么的就攀同庚，看谁与自己同年，这样的同庚是那种特殊年代的特殊关系，有时还真像亲戚一样走动，那么寄存农具或来家里吃便饭成了毛毛雨，打不湿衣裳，只赶牛来就可以了。可打下稻谷就不能存到谁家里的，要摊晒，要扬尘，要灌袋，还必须用牛车装回去。

那时候穷，不像现在家家户户都有硬化的水泥坪晒谷物，完全是摊晒在泥坪里。首先，把泥坪修整一下，浇点水去掉灰尘，再把牛刚拉下的牛屎稀释到一定的比例，再浇到泥坪的表层，使之渗透泥坪的缝隙，再见几个太阳天，等稀释的牛屎彻底干了，泥坪就有了相对的硬度，虽说不能与水泥坪比，但只要可以晒谷子了，也不能不是一种民间智慧。所以，在我们这地方，牛屎也是宝。不然的话，泥坪易开裂，谷子晒上去会漏到缝隙里去，不仅仅是浪费，更是对自己的辛勤劳动果实不尊重，突破了祖祖辈辈传承下来的禁忌，是要遭报应的。这种报应往往指天打雷轰。

现在，我们这地方吹嘘一个人厉害，一般不说你牛皮，而说你牛屎啦！我想：可能与牛屎的这个特殊用途有关吧！尽管牛车很原始落后，却很实用。我从小驾过牛车，慢慢悠悠的，也是挺有意思的。我家起初没有犁，耕地常找人家去借，这常让人家也有点难为情，我就暗暗下决心，也要添置自家的犁。有一天，我弟弟从外面疯了几天才回来，说告诉我一个好消息，他在西堤外湖发现一棵杨柳树，树弯腰曲背快到直角，是天下最好的犁辕样子。我一听说了，心里就痒痒的。我被弟弟引到外湖去看那棵树，我的天，真是好漂亮的弧度。在我们洞庭湖区，杨柳树又叫挡浪树，洪水淹不死的。几乎所有湖滩都栽植了这种树，成活率高，随便插一根枝桠，也不需要什么护理，就能蓬勃生长，几年工夫就能长到饭碗粗了，即使汛期来了，洪水淹没了这些杨柳几个月，也不会死，水一退，又生机勃勃。最要紧的是它能抵挡风浪，大堤不会轻易被波浪淘洗泥沙，起到护坡的作用。所以，外湖的杨柳是禁止砍伐的，可我与弟弟还是趁夜晚湖滩上没有人走动的时候，就偷偷用锯子锯了这棵树，裁掉多余的枝枝丫丫，借来一辆板车将木材偷偷摸摸地拖回来了。第一次当偷儿，人紧张得大气都不敢哈一下，心扑扑跳，七上八下的。

我从小的脑袋没得弟弟的好使，他见我望着这未来的犁辕愁眉不展，就知道我的心事，没有钱加工。就说这件事全部交给他来处理，他有办法。谁知，他拖着这根树跑到上屋场的木工厂找老板，问要做两副天下第一的犁猿要多少钱？那姓姚的木工老板一看见这根树，羡慕得眼睛都直了，围着这根树打了几个转转，口里情不自禁地连连喊：不错，不错，真是数一数二的犁辕呵。一个好木工遇到一块好材料的样子，已经在我弟弟的预料之中。就凭这一点，现在我弟弟能做成一个响当当的大老板，老早就显示出他的过人之处，这是我所不能及的。姚老板过来跟我弟弟套近乎，说打个商量，手工费全免，只要让一副犁辕给他就可以了，你家又何必要两副呢？弟弟回答：我是要不得两副，但这个我可以卖给人家好价钱，付你工钱还绰绰有余。我还可以用这钱添置其他农具呢，何况有人出了订金正等着呢！姚老板一听，就劝他莫卖给别人了，其他农具你在我这里看中什么，就搬什么走！牛轭、犁头、还有耘把等农具就这样搬回来了，这些让我很吃惊，感到自愧不如。而我只在做具体的事情上比他强，比如浸种、育秧、犁地、耘田、插秧、打禾等等，而这些他一件都不会，也不愿意去学和做。他只愿意做自己想做的事，并排除一切困难而努力，这一点又的确比我要强。在这种情况下，我也不指望他能帮我多少，踩打谷机他把禾把子压在滚筒上，而脚就是不使力，常把我弄得哭笑不得，宁愿一个人还轻松些，这也是他希望的结果，溜得比谁都快。他说他不是干体力活的人。于是他拿着一台海鸥黑白相机云游四海了……

弟弟从小酷爱摄影，后来进城开了照相馆，并加入了中国摄影家协会。而我，仍然是村里的一个怨天尤人的农民。

五

不久，父亲右派评反了，我们全家除了我全迁进了岳阳城。因为我那时候超过了十四岁，已经是农场职工了，按政策超过了子女进城的年限，一个人孤零零地待在我的下屋场。我当时想：反正我除了会做农活之外，一无所长，自信自己能当好一个农民。那时候，我最大的理想就是通过村里保送到市农校读两年书，回来做一个农民技术员，谁知那只是我的一厢情愿。年复一年，保送的名额落不到我头上，我为此找过村里，也找过乡政府，回复我的几乎异口同声：认命吧，有本事就到城里去！有人告诉我别做梦了，这些好事都是凭关系的，要花钱的。你还是走吧，一个人留在这里多可怜。于是，我梦醒了，也就对这块地方彻底失望了，就铁了心另谋出路。

记得我进城的时候，村里设置障碍不准我走，还找我谈话，我不听，就扣押我的一些物什：几百斤稻谷，还有我心爱的犁辕，以及其他。还说，我欠了村上三百多元债务，生怕我卷着家当逃跑。还说，要交一笔罚款，总之是逼我回心转意。我苦心经营多年，还落得个家徒四壁，我就悄悄跟邻居打过招呼，我的房子、农具、家具，还有板车什么的，全部不要了，抵无中生有的债务绰绰有余，我就这样趁着夜深人静，没有带走家里一寸长的东西，爬上了西大堤，在黑夜里回头望了一眼已经安静的村庄，泪如泉涌……我就这样光人进了城，投奔了城里的父母。

从此，我不再去回想这村里的事情，想慢慢淡忘。

谁知，几年后，村里来了两个人找到我们家里，说村子里现在很穷，你们在外面混得好的城里人应该捐点款，支持我们发展村级经济。这时候，我不知如果面对这两位乡亲。他们看出我不情愿，就说借也可以，等村里发展了，就还给你们。我问他们：我的房子你们凭什么拆除了？还有我的财产呢？他们说：这与村里无关，是村民们以为你们不要了，大家就分掉了。我这时真不知说什么才好，他们不急不慢地掏出一叠账本，说你走的时候还欠村里三百六十二元钱，这几年连本带利算下来两千元，问我如何处理这件事？我知道，他们来了是不会轻易走的，我只好在弟弟的店里拿两千元营业款，打发了他们。这其中一个还是我从小学到初中的同学，他当了村长。

谁知第二天，他又打电话给我，说犯了点小事情，让我到派出所担保他俩出来，我问他什么事，不说，等见面后再说，当我赶到五里牌派出所，才知道他俩嫖娼被公安扫黄抓了现场，已经关一晚了，还要交两千元才能放人，我心想这一时半刻到哪里凑两千，这不是一个小数目啊。可他"扑通"一下给我跪下了，说回去后就给我寄钱来。我就心软了，开口向一个下海了的大学同学借了两千元整，急急忙忙地把人给弄出来了。从此，再也接不到他们的电话，我打过去，电话提示您拨的号码是空号，当然也没有收到他们寄钱还我，这件事不了了之。

六

时间像流水，淘尽了我的许多往事记忆。

我压根儿不再去想那里的人和事，后来，我有好些年的写作，也有意回避了故乡这个题材，免得自己徒生烦恼。我以为从此与这个村庄再无半点瓜葛，对这个出生地也就越来越陌生。可是，我还是没有做到，我又开始写到了我的村庄。

　　我想：一切不愉快的事情我已经放下，且原谅了我的那个同学，也不再为那块土地而伤心，可多年来，我怎么内心还在纠结呢？这到底是一种怎样的情结呵，我有点说不出来的滋味。不久，我莫名地驱车来到这个村子走一走，看一看，以此了结我心中的某种纠缠不清的情感，出乎我意料的是，现在没有了上、下屋场了，才知道村里相继走了不少人家，坚守在这里的人已经没有几户了，邻村也是这个情况，这两个村就合并成一个村。以前的老屋相继拆了，新建的房子就这样东一栋，西一栋的，把中间地带填满了，上屋场消失了，下屋场也消失了。那条机耕路还在，只是硬化了，这是村村通的收获。而眼前，我看见的一大块庄稼地，在风中碧波荡漾。

　　我对陪同而来的朋友说，这一块地方就是我曾经的老屋，也是我无数次默念的故土。

会飞的鱼

再往东行十个村落，有一个青黛色的山区……平直环绕的流水出自这里，注入向北的河流。这个地带生产一种会飞的鱼，它飞翔起来宛如活蹦乱跳的小猪儿，裸露出白里透红的身子来。食了这种飞鱼的人，行走在暴风雨中也不会有雷电的袭击，还对有刀伤的人起到愈合伤口的奇效。

译自《山海经·中次三经》
——题记

这种会飞的鱼，我说：我看见过，在生养我的洞庭湖区平原地带。恐怕不少人会说这是古代神话，或者说是现代小说，虚构的。鱼哪能飞呢？然而，这是真的，不是想象，是我一生成长过程的奇遇，的确有些不可思议。不然，又怎么说是奇遇呢？

今天屈指一数，已经三十多个年头了。

三十多年，恍然如梦。在我的人生中，经历了许多对记忆修改的事件，只有这种会飞的鱼，那么清晰，像烙铁在肉体上打上的烙印，是无法修改的。根本不像现在的 2B 铅笔，能把纸张上写下的错误答题，用橡皮头轻易擦掉，且不留痕迹。多少年来，这种会飞的鱼，养在我记忆的汪洋大海里，成为一种洁白的生命意象，间或从心底某个角落里飞了出来，像回放一部久远年代的黑白影片，既苦涩，又亲切，且浪漫中略带一种寂美。它贯穿了我整个青春期，并以一种漫游的方式渗透了我以后的人生。

那是 1978 年的春天，我们湘北湖区平原春雨漫漶，无休止地下个不停。仿佛那雨，不是从天上落下来的，而是从地面长出来的，像那密密麻麻的秧苗，还远比秧苗茂盛。村庄被雨水浇得湿漉漉、水淋淋的，连撒在田地里育苗都浸得开始腐烂了。若大雨再连续下三五天，我们出门就完全可以撑船了，成了我们洞庭湖平原的另类注解。在这淫雨霏霏的巫鬼天气里，我们的村庄像浮在水面上，家被无际的雨水困成了岛屿。人缩瑟在茅屋子内无计可施，随手往空中一抓，也能抓出一把水来。屋漏偏遭连夜雨，那雨水把接漏的木桶、脸盆、锅瓢等物什奏得水乐纷飞……至今想起来，我甚至怀疑水乐大师谭盾也生长在这样的环境里，对水的性情了如指掌，才透彻了水的多重性，才能把水的乐章奏得让全世界惊叹。而我天生愚拙，不能在这种简陋的器皿发出的声音中，找到人与自然和谐的天籁之音。因此，我注定是一个平凡的人。何况，人处在风雨飘摇的境况之中，任何美妙的音乐都是喧嚣的噪声。那时候，村子的人有着惊人一致的坏心情，也有着惊人一致的期待，那就是对生活始终抱有希望。大家唉声叹气，一边数落上苍的不作为，一边盼望久违的太阳快些冒出来……

好不容易雨过天晴。我像一根被挤压多时的弹簧，不由自主地蹦跳起来。这时候，只听见娘在喊："灵伢仔，快把家里生霉的东西搬出来晒太阳！"紧接着又喊："还有衣物、被子也要抱出来洗一洗。"先前的这些活儿，都是我娘亲手来干的。娘是干农活的能手，也是做家务的能人。现在，娘干不了这些活，只能坐在床头指挥我。娘在前年冬天突然病倒，严重风湿病引起双脚瘫痪了。从那时起，娘就只能倚靠在床头，或让人扶下床坐在椅子上。除了能做些针线活外，再也不能下地干活了。在我们湖区，不少的村民患有这种风湿病，而我娘的风湿格外严重。之前，娘多么忍耐我并不知道，因为我没听见她哼过一声，直到双脚瘫痪了我才感到事情的严重性。

那时候，父亲的成分不好，地主出身，又戴了顶右派分子的帽子。虽然能在一所偏远中学作代课老师，他却始终如履薄冰。这只令村民羡慕的饭碗来之不易，却随时可能被人端掉，借一个胆子给他他也不敢跑回家料理家务。我的两个弟弟还小，才不管人世间发生了什么，整天吵着要吃东西，天生七月半的饿鬼。在那个物质匮乏年代，一个人要填满肚子确实不是件容易的事。何况，我娘的病倒于这个家无异于雪上加霜，生活的重担无疑落在我年少的肩头，我又岂能扛得动？

春儿蹑手蹑脚地溜到我的身边，贴着我的耳根悄声说："到青河去捕散子去吗？"春儿大我两岁，也是要好的邻居。那时候，我极喜欢捕鱼和钓鱼，尤其是那种随水逐来又随水掠过的游条子鱼，一天能钓上半水桶，管家里好几天的菜碗。记得村里的一个年长的老人说过："春天的散子鱼不能捕，那是要犯禁忌的。"我拒绝了春儿，并不是怕犯什么禁忌。在我年少不更事的意识里，我只是羡慕和妒嫉春儿的命好，上面的哥哥姐姐一大串，还轮不到他来做这些事。春儿走了，他猜不透我为什么不去？目送他转身的背影远去，我心已经滋长了一种酸酸的滋味，一种不容易让人察觉的妒嫉和怨愤。似乎这是我的宿命。这不，刚忙完家务事，又要牵着牛儿去河边喂草。

娘说："顺便打一捆猪食回来。"

我轻声"嗯"了一下，显得不情愿，又不敢抗拒。

娘又说："要下雨了，带把伞！"

这时候，我就已经烦躁透顶了，要是不小心遗落了伞，回家又会受责罚。自从娘生病以来，她似乎比天气预报还灵验，科学预测的天气预报还被村民说成天气乱报。娘每次都能掐算得很准，给我笼罩了一种神秘之感。我抬头望了望天，看不出半点又要下雨的迹象。或许，我明明有了要下雨的感觉，就是偏偏不愿意相信。大凡一个孩子在成长过程中，总会有来自心底的莫名的抵触情绪，这就是所谓青春叛逆吧？

现在，想起来，还真是那么一回事。我女儿在十二三岁的时候，凡事都不顺心，天天与她娘较劲。让她娘感到莫名其妙，又无计可施，埋怨少女的青春期咋就那么长，仿佛永远长不大似的，让她揪心、焦灼。我似乎比妻子能理解女儿，让妻子常常责怪我宠坏了她……

是啊，我何曾不是这样过来的？

那时候，我找出各种理由来搪塞母亲，另一种抗拒的形式。一路上，我哼着歌儿祝贺自己取得了不带伞的大捷。骑着牛儿来到了青草肥美的河边，我便还了牛的自由身，放它个南山悠悠。而我，却躺在草地上，看天上的闲云飞渡，听河渠的流水喧哗，便有了一种轻松和惬意，有了少年郎的胡乱思想。我所有的抗拒来自身体里的躁动，是骨骼成长发出来的莫名意识，以一种偏执的抵触来表现。

人一旦安静下来，我还是有所反思的。

在河边，我想起了曾是花容月貌的娘，有一个光彩的职业：人民教师。某种机缘巧合，爱上了我憨厚的父亲，并执着地随他从省城下放到这个湖区平原当农民。好日子没有过上几天，却成了站不起来的残废人，我娘也曾偷偷哭过，还产生过轻生的念头。为了这个家，她终究还是坚强地活下来了。想起这些，我又立马感到自责。如果有违孝道的事，会遭天打五雷轰的。

这时候，天边传来隐隐的雷声，刚才还是阳光灿烂的天空，忽然乌云跑马，把天空涂抹得黑咕隆咚，真的要下雨了。我娘的天气预报不容置疑！我甚至怀疑娘是从天堂下凡间炼狱的，她受的一切苦难都是王母娘娘对她的考验。总有一天，她要回到天堂去做神仙的。到了那时，娘是否带着我上天堂呢？玉皇大帝能否收留我？先前，我还做了好几件坏事呢！我偷吃了集体的甘蔗和园子里的瓜果，放了村长停在田边单车的轮胎气，让他推着单车走回家，我在一边偷笑。还给春儿家养的小白兔喂了大把带露水的青菜，让白兔吃得太饱撑死了。还有……想到这里，我的眼泪都流出来了，天空的雨也哗哗地下来了。雨，越下越大。我的全身湿透了，怎么不带一把伞呢？出门时，娘还反复嘱咐我，为何我就偏不听呢？

幸亏，我机灵，看见沟渠边上闲置的涵管便躲闪进去。再大的雨水，也淋不到我了。涵管的两头像没有掩蔽的窗户，上面挂出一帘帘雨水的瀑布。我一边得意着，一边间或地伸长脖子张望涵管口，看看这雨啥时能停下来？这一看，我不敢相信自己的眼睛看到的景象：一串飞翔的鱼从西向东，掠过我睁大的眼帘……那略显黑色的鱼头，那张开的鱼翅，那泛红的尾鳍，那浅白的肚皮，活灵活现地飞过我的视线。这分明是成群结队的鲤鱼，和我平时看到的鲤鱼没什么两样……从来没有听说过会飞的鱼，只听说过鲤鱼跳龙门的典故。那时候，我们洞庭湖区的人把农家孩子考取大学比作鲤鱼跳龙（农）门，是件极新鲜的事。而眼前出现的奇观让我匪夷所思，甚至让我怀疑这是看花了眼睛产生的幻觉，不敢相信这是真的。顿时，我又擦了擦眼睛，那一长串的鱼像平缓的镜头从西边向东清晰地摇过，它究竟要飞到哪里去？东面是大块的棉地和蔗地，再过去，就是一望无际的稻田。

一会儿，飞翔之鱼在我视线够不着的远处消失，大雨也戛然而止。而我的意念还停留在这场空明的大雨中，半天才缓过神来。连忙从管道口钻出来，远眺东边，满脑子还是会飞的鱼。如果我也是一条飞翔的鱼多好啊，离开这个村庄，飞过这大片的土地，飞向那遥远的天边……

沉浸在这美好的情境里好久不能自拔。已然忘了我放牧的那头牛，何时跑到蔗地里去了？这该死的混蛋，这又要踩坏多少蔗苗？我在路边折了一根苇草追过去，那笨牛居然站着一动不动，稳如泰山一样望着我，还冲我不停地叫唤，那牛尾巴一甩一甩的，像在逗玩我、挑衅我。这一下，我连宰了它的念头都有了。意想不到的情况出现了，我看见，前面蔗垄之间的渍水里，一条条鲜活的鲤鱼蹦跳着，怕有斤把一条。我不费吹灰气力捉住了，并用那根苇草将鱼儿串了起来。我极像凯旋的牛×将军，骑在水牛背上，提着战利品快牛加鞭。那牛儿吃得饱饱的，跑起来像马儿，好快。一不留心，与那路边的一根横斜逸出来的树枝相碰，我被重重地摔了下来，滚到几米开外的斜坡地带，被一棵树挡住了。那时，我已经昏过去不省人事了。倘若不是那棵树的阻挡，我肯定掉到雨后的河渠里淹死了。后来听我娘说，是那条牛回家报的信。我娘听见牛叫得厉害，又不见我回来，预感出事了。从床上连爬带滚的，居然就站了起来。牛带着娘找到了渠道边奄奄一息的我。就这样，娘捡回了我的小命。

当我醒过来，娘已经站在我的面前，创造了一个生命奇迹。因为，先前父亲背着娘到了许多大医院诊断过，都说来迟了，连百分之一的希望也没有。而今，看见娘能站着，好好的，我是泪流满面，又惊又喜。

后来，我问娘："你看见那些会飞的鱼了吗？"

我把那天发生的事，一五一十地告诉了娘。

我娘说："没看见。"她不相信有会飞的鱼，娘以为我是为闯祸而推卸责任编出来的故事，不管我如何解释，娘还是不相信。我就去跟春儿说，春儿更不相信。

春儿说："你是从牛背上摔下来，跌坏了脑袋吧？"

他怀疑我说的瞎话，扭头就走，不理我了。从那以后，村庄里的人都说我有毛病。我委屈极了，不愿见任何人。

　　尔后几年，我就离开了村庄，并在城里念了几年大学，之后成家立业。一晃，三十多年轻易晃过去了，关于会飞的鱼，一直烂在我的心底，没有向任何人提及，甚至一度忘记了。可就在前两年，我和几个朋友来到海南三亚旅游。一天早晨，我们在南海的海边散步，海风习习，海边岛礁上爬满了小海蟹，海浪打过来，溅起的水花，湿了十米开外站立岸边的我，躲闪不及。阳光透过弥漫的水雾，彩虹耀眼。无意中，我看到了惊人的一幕：一种长长的刀子鱼在飞……而且，是一长串，我看清了后面的一条，是咬着前面的一条鱼尾巴的，从我眼前飞过，我惊得目瞪口呆，我身边的人也看见了，都说这是奇遇，不枉此行。

　　是的，我对身边的朋友们说，这是我一生中第二次看见会飞的鱼，我把少年郎的那次际遇和盘托出而出，大家都羡慕我，说我的人生经历本身就是一部传奇作品，不需要任何修饰。

第四辑

丁宁街往事

上帝的棋子

> 棋子们并不知道其实是棋手/伸舒手臂主宰着自己的命运//棋子们并不知道严苛的规则/在约束着自己的意志和退进//黑夜与白天组成另一张棋盘/牢牢将棋手囚禁在中间//上帝操纵棋手，棋手摆布棋子/上帝背后，又有哪位神祇设下/尘埃，时光，梦境和苦痛的羁绊（博尔赫斯）
>
> ——题记

一

这些年来，为生计，我在这个城市里漂泊。那些关于村庄的人和往事，被我差不多遗忘尽了。天生记性就不好，有健忘症，给工作与生活带来不少负面影响，自己因此吃了不少苦头。为此，我还专程进医院看过大夫。大夫说：这不是什么病啊，属正常现象。我说：这么厉害的健忘不是病？我感到疑惑。大夫点头，又摇头，似乎无可奈何，也无能为力。医生还说，这种几率不到万分之一。意思是我中彩了。这种先天性记忆差是无可救药的，该我认命。

现在回想起来，这一件件，一桩桩都是啼笑皆非的故事，也是我的人生成长过程中一些有趣的经历。

上小学的时候，我读书最忌讳背课文，背不出来被老师留堂成了家常便饭。我甚至有过手心攥着钱去商店买东西，却把手中的钱弄丢的历史，还远不止一次。娘为了让我长记性，用柳条抽我的手心，直到抽出一条条血印子！这种记性，无疑让我父母感到头疼。当然，我父母不相信我天生健忘，总是怪我不听话、粗心大意，就教了我一个方法，在手掌心里写字，把当天要做的事写下来。可一个手心抓着钱还会弄丢的人，这一招无异于在流水里写字，边写边消失。好像老天爷专与我作对似的，我从小的手掌心就特喜欢出汗，不管什么天气，也不要多久，手心就湿润了。待我想起今天还要做什么事的时候，手心的字迹早就模糊了。我拼命地想呀，偶尔，也能想出一件什么事来，还兴奋得不得了。而另一件更重要的事，就忘得一干二净。后来，我娘教我改写在纸片上藏好，说这样会牢靠些。可我时常找不到纸片到底藏在哪里？就把所有口袋翻出来，没有。再把书包倒过底朝天，还是没有。会不会如厕时弄丢了呢，还是在路上弄丢的呢？我只好沿路找过去，地上每一片纸片都捡起来看一看，还真的找到了一片记事的纸片，一阵欣喜，是我落下的。这上面记载的事，我似乎都做了，确信没有遗漏哪一件，就高高兴兴地哼着歌儿回家了。心想，今天没有落下什么事，娘一定会表扬我有进步。回家经娘盘问，我便从口袋里拿着纸片左看右看，对娘说：没有呀，今天都做完了，你看我都打了勾勾。我娘接过纸片一看，质问我今天星期几？说，纸片是昨天的。我才意识到袋子里的纸片真的弄丢了。这个自然又要受罚，我不用娘喊，老老实实地跪在搓衣板上。

这时候，邻居黄麻子气喘吁吁地跑过来又向我娘告状，说我不学好，居然溜进了女厕所，说得振振有词，因为这个书包就是证据。我这才知道，我又把书包弄丢了。原来，我上了一趟公共厕所，将书包挂在厕所的挡墙上，就忘记拿了，怎么会出现在女厕所的呢？这个事情有点严重，关系到一个人的品行问题。我娘用竹条子抽我，我说，真的没有去过，是人家赖我的。黄麻子说：他去掏粪的时候，也走进了女厕所，就捡到了一个书包，打开一看书本上的名字知道是你的。肯定是你要无赖把厕所的牌子对换了，让我感觉有点不对劲。而围观的人一多，七嘴八舌，似乎我成了十恶不赦的小混蛋了。有人说我娘教子无方，小小年纪就有了这种阴暗心理。居然怀疑以前偷看女人上厕所的嫌疑人就是我。这时，我娘除了生气外，还更加的伤心。而我委屈的眼泪都涌出来了，却百口难辩。我父亲让我好好想想看，是怎么回事？我这才猛然想起我是跟着一个人进去的，父亲问我是谁？可我一急，就是想不起来是谁了。黄麻子说我狡辩，还想赖，我已经被人家说成缺教养的人了。要不是黄麻子的婆娘拽着宝贝儿子黄灿过来赔礼道歉，我不知还要被冤枉到何时？原来，黄灿上厕所，看见男厕所被人掏过粪，很臭，就跑出来瞧了一眼女厕所，见干净多了，又没人，就去把木牌子对换了，自己安安心心上完厕所，却故意不把牌子换过来，还躲到一旁看谁会走错厕所。一会儿，他看见我第一个走错了，就在一边笑个不停。可又来了第二个人，挑着粪桶来掏粪，不是别人，正是他父亲黄麻子，正准备喊，又来了两个女人，他就忍不住跑回去了。才把这件事当作一个笑话告诉了他娘，好在黄麻子的婆娘人正直，也是善良的人，这才及时还了我一个清白之身。

二

说来也怪，近几年，我的记性忽然好起来了。按理，年纪越轻，记忆力越好，我竟然四十岁以后越来越好，让我自己感觉不可思议。更让我不可思议的是我的手心不再出汗了，夏天的手心干爽爽的，而且是浸凉的。而冬天，就是从冷水里出来，一会儿就变得温热。还有一双汗脚，也不再出汗了。

曾经，脚喜出汗让我伤透脑筋，夏天的汗特别多，无论穿什么鞋子都出汗，袜子湿淋淋的，且臭气熏天。汗脚的鞋子容易烂，从小我就要比一般孩子每年多穿烂几双鞋。那时候家里穷，更多的时候，我干脆不穿袜子，有时甚至打赤脚。可冬天冷，必须穿鞋啊，可一穿就出汗，鞋子里面湿湿的，凉凉的，脚还生了冻疮，不仅痛，还活受罪。即使回到家围在火炉旁，我也不敢轻易把鞋子脱了烤一烤，我知道，那臭气真的不好闻啊，别连累了家里人又会讨娘的骂。一次，我期末考试破天荒得了个语文、数学双百分，一个记忆力如此差劲的人，考试成绩一直没有落后于前五名。这次，还获得了超常发挥，那份喜悦难以言表。一放学，就急急忙忙赶回家向娘报喜。娘见我满头大汗，还打双赤脚就问我："你今早才穿的新雨靴呢？"我这才想起自己脱在位子下面，人一高兴忘形了，就不记得穿雨鞋这码事。不用我娘说，我拔腿就跑，待我一口气跑到了学校，寻遍校室也找不到我的靴子。这一下子，我彻底失望了。

我知道这雨靴来之不易，这是我邵阳的姑妈寄给我的。她得知我冬天生着冻疮，还打着赤脚上学很心疼、可怜我，特地买了这双雨靴。我临出门时，我娘还叮嘱我在学校里不要脱鞋子。我娘好像给我算了灵八字似的，又会弄丢。头天还说要我将新雨靴让给弟弟穿，我穿弟弟脚上那双旧的。平时我穿父亲脱下的打补丁的旧衣服，书包是表哥背过的旧的，人家屋里都是老大穿新的，用新的，不穿不用了才轮到给小的，我家恰恰颠倒了。好不容易有一次穿新雨靴的机会，我无论如何也不答应。所以，我向娘打了保证书，如果丢了就天天打赤脚。可我还是鬼使神差地忘了。上午来到学校，我还反复提醒自己，千万不可以脱下来，免得又节外生枝。

上学的路有 8 华里远，中午一般在学校食堂搭餐，傍晚的时候再回来。路虽有点远，只要不下雨，我一般就滚铁环去上学，也就不觉得远，比不滚铁环要快许多。而下雨天是不适合滚铁环的，泥路滑，一不小心就会摔跤。所以往往走路边草地，才不至于摔倒。可这天下午，老师把试卷发下来，还表扬了我，一兴奋，就像鬼打闷了头，飘飘然了，什么也不想了。这雨靴寻不到，我如何向娘交待？即使以后打赤脚也并不可怕，却害怕我娘板脸的样子，我就胆怯不敢回家，待在北风肆虐的校室里。那时候，我们学校陈旧，玻璃窗户大都破碎了，窗户全部是用塑料按图钉钉住抵御风寒的。这个晚上，风吹得塑料呼呼地响，我缩在墙角很无助，感觉外面所有的光亮都不是真的。只有无边无际的黑暗朝我涌来……

我终究没有被黑暗淹没。

一束手电筒的光亮把我从昏睡状态中照醒，惊奇中我看清了母亲那副焦急的表情，既有对我的怨恨，又有怜爱，我冻得发抖了。我至今也记不得是如何回来的，只觉得耳朵一下子长了许多，当然是我娘拽的。

从小怕我娘胜过怕我父亲，因为我父亲从来没有打过我。经常挨娘责罚，也没有改变我记性差的毛病。娘说我差到无药可救的地步。后来我居然考取了一所专科学校，这的确有点不可思议。三年大专毕业后，娘还一直替我操心，生怕我这样子不能为她找个儿媳妇。原因很简单：是我居然可以把与一个女孩的约会时间记错，而往后推迟了一天。其实我起先也是怕忘记了，就反复念叨无数遍，就莫名地记着另一个时间了。让人家女孩子苦等了一天而不见我的出现，而我自己竟然在第二天又苦苦等了人家一整天，闹出了一个天大的误会，也落下一个让人调侃的作料。我娘说我这记性，简直就是被狗吃掉了，恐怕这辈子也别想找到老婆了。娘一见我嘿嘿笑的模样就摇头，这里面包含了认命的意味，但失望多于无奈。

而一件事物的发生与结果，的确有事物本身的宿命感，不以人的意志为转移。我相亲这件事，并没有因此而黄了。真的峰回路转，柳暗花明。之前，我已经做好放弃的心理准备了，反正失恋于我又不是第一次。可人家女孩知道实情后居然原谅了我。这不止让我感到意外，连我那精明的老娘也感到吃惊，说我是憨人有憨福啊，是祖宗积的德。

这女孩就是我现在的老婆。

后来，我曾当面锣对面鼓地问过老婆当年的事，她见我如此寻源探根，就正而八经地告诉我：你这人总是大大咧咧的，有男子汉气！这个回答让我自己也不敢相信，平日里不爱照镜子的我，这天居然在镜子面前反复照着，好久也没照出个什么名堂来。若干年后，我就这事问过女儿："你老爸是不是很男子汉？"

女儿瞟了我一眼，慢条斯理地说："不止是男子汉，还是大男子主义的典范！"

我急了，"你这是骂你老爸？"

老婆就咧嘴笑："你女儿是表扬你哟！这都听不出来？"

母女俩一唱一和，我就装呆，傻傻地笑。这笑，一家子都乐了，感觉天都快要笑翻了。笑过之后，我就带她母女俩上街买衣服，我当出纳、搬运工，兼司机和保镖，一路杏花村。

三

这几年来，最让我宽慰的是手掌和脚板再也不出汗了。尽管我至今也不知道是什么原因。反正这种怪毛病自然而然地没有了，我归结于上帝考验我的期限到了，就放了我一马，并特意给予我冬暖夏晾的手脚安享晚年的幸福生活。

关于记忆里出现了大半截时光的空白，我以前一直归结于记性太差所致。

有一天晚上，我做了一个奇怪的梦，梦见上帝召见一帮人，这其中有我。起先我是蛮开心的，能够受到上帝召见。虽然我看不清他的面目，却对他的声音听得清清楚楚，他说要与我们做个游戏，从每人身体上拿走一样东西，这些东西中有眼睛、手、脚、鼻子、耳朵等五官，还有记性、智力、体能等，以此对我们的考验。他让我们自己在卡片上写上这些他念到的东西，并签上自己的名字交给上帝来抽签，我感觉这个游戏是上帝出的题，就不能让上帝来抽，应该让我们自己来抽更合理些。我还来不及向上帝提出我的意见，我的签就被上帝抽出来了。上帝让我提意见，我却想不起来我有什么意见，就赞同了上帝的游戏。

我被上帝耍了！

他提前就拿走了我的记忆。上帝将残留的一点模糊记忆给我，也是梦醒之后的事。我凭着一点模糊记忆，才知道上帝的面容是模糊的，丑陋的，却又赖在我的记忆里挥之不去。那时候，我是多么憎恨拿走我记忆的人。

直到现在，我才开始释怀。

我能忆起的村庄生活虽然苦涩，却像咖啡品尝之后才会感到还有温馨。兴许，不长记性于我也是件功德好事。这一点，从我这些年忽然恢复记忆了，可以作为一个佐证。

是上帝把我的记忆还给了我。

上帝当初为什么要拿走我的记忆，而不是眼睛，或者语言？更多的时候，我对生活是怀抱感恩之情的。我是一个差一点失聪的人，一次"抱尔风"疾病让耳朵被什么堵塞了，听力处于艰难处境。像我这等愚笨之人，倘若成了瞎子、哑巴什么的，我的生活的确难以想象。

前些年，我总是埋怨自己的记忆力差，常常忘记熟人的名字，记不得家人的电话。甚至没有方向感，坐错公交车。到了异乡，就找不到回程的道路。

怀疑自己智商低，情商更低。还时常像哲人一样感叹：人的记忆如沙漏，不经意之中漏掉了许多。有时想重新捡起来，却不是件容易的事。就为自己寻找了开脱的理由，说什么那时候我还小，所经历的日常生活琐碎，并没有蛮特别的，也就实在难以一一忆念起来，也应该放到情理之中去，不加追究。

的确，我先前是很少回忆那段岁月的，甚至是有意无意抵触自己偶尔的、不经意的意识与行为。仿佛自己不应该去面对那些陈年的鸡毛蒜皮的事，甚至对某一星火的温暖而产生怀疑。况且，记忆里留下来的一切并不是美好的，更多的是一段苦难的经历，是忧郁的结痂，是不堪回首的往事。

四

如同一个孤独的过客，而今，我是一个失去故乡的人，永远回不去的人。

很多的时候，我沉湎于人家的山水，宁愿不惜笔墨去写异乡的见闻与感受，抒发自己内心的情感。而这情感像条流浪狗，到处漂泊。即使在自己安家的城市里苟且偷生，我更是只字不提，产生这种心理曾让自己感到吃惊。重新审视自己，有些陌生了，我甚至没能读懂我自己。就像你经年未曾谋面的朋友，他很多的变化你不曾知道，岁月改变人的不止容颜，还有性格、理念、思想，这种悄然变化与人生际遇相关，与身处的环境相关，甚至与人生观相关。一尘不变是不可能的，因为万事万物都在变化着，你不能改变这个世界，可这个世界却能悄然改变你。随着自己步入中年之后，按理正是拽着身心朝前冲刺的年龄，我却莫名其妙地停顿下来，什么也不想干了，只想好好地休养生息，显然有点老态龙钟的味道。

真的，让自己慢下来实在不容易。

城市生活就像一台机器，一旦启动了，就轰隆隆地转个不停。我像出了机械故障一样，终于能让自己停下来。也许这种停顿是短暂的，也许真的又能长久地停顿，我也说不准。人生身不由己的事太多，是自己预料不及的。所以，我这人要不断学会调整、修复自己。该要补充能量的时候，我也会尽量去补充。

前年冬天的雪下得大，我躲在屋子里猫冬，没敢出门。待太阳出来的时候，雪开始融化。连忙拿着照相机下楼，围绕着锦绣河山小区拍雪景，到处都是湿淋淋的，一幅残雪的败景。就感觉这个冬天就要过去了，我没有来得及好好感受这场江南大雪，不免又心生歉疚。幸亏我拍了一张像围棋盘的雪景片子，虽然全部是白子，一粒黑子也没有，我却喜欢这画面的意味，好像隐喻了什么。

这个"棋局"是在黑夜里进行的。

如果上帝执白子的话，人类看不见一粒自己的黑子，而万能的上帝看得见。如果上帝执黑子的话，人类只看得见自己的白子，却还是看不见上帝的黑子。想想自己走过来的经历，又何尝不是一个被设计的棋局呢？我沉思了片刻，慎重地为这幅照片取了个题目：《上帝的棋子》。

其实，人在尘世，谁都可能是被上帝耍过的人。

十二生肖里没有鱼

一

　　不满一周岁的女儿已经学会走路了，似乎比周围那些孩子要早些。可女儿说话，比同龄的孩子要迟了至少半载。快两周岁了，只能勉强喊出爸爸、妈妈等不多的简单音节，且不标准，像个大舌头，挺吃力似的。这就急坏了妻子，怀疑她有先天语言方面的障碍，甚至怀疑有智障。妻子开始对我埋怨起来，说什么猪年就不应该要孩子的。我想：生孩子与生肖属相没一毛钱关系啊，怎么可以扯到一起呢？何况，这一年全世界又有多少新生命诞生，成千上万吧？妻子就说，肯定是你爱喝酒的缘故。看到妻子着急，我说，那到医院去问诊吧？妻子一听，就越加生气，是你有毛病吧？你去医院看神经科吧?！我连忙安慰她：有的孩子说话是要迟些，就像我们的孩子走路比别人的早一样，并不影响健康，属正常现象。妻子听了更来火：就你的孩子不会说话，还正常？这时候，妻子把孩子往我怀里一塞，就顺势拿身边的物什往地上扔，明显是给我脸色看。遇到这种情形，我还真不知所措。知道说什么她也听不进去，我成为她的出气筒。只好带上孩子闪到一边去，不去招惹她。一来让耳根清静一下；二来躲开她阴云密布的脸色。

二

　　从此以后，妻子渐渐与邻居们也开始生分起来。

　　如果孩子哭了，她也就跟着哭。那时候，我们俩带孩子都没有经验，双方父母都离我们这个农场远，都有各自的工作，打老远过来帮一把不现实，我们也就只好将就着带。妻子和女儿的哭泣声混杂着，最难受的人是我，围着房间直打转转，找不出任何解决的办法。加之，妻子的产假到期了，单位在催她上班了，无奈之下，只好请保姆。第一个保姆是个约 50 来岁的女人，是熟人介绍过来的，说她人勤快、能干。这也是我们认可的主要原因。可来了不到一个月，就发现孩子身上多处瘀血，把我和妻子吓坏了，问她是怎么回事？她居然说，不知道，可能是摔倒了吧？妻子还跟我说家里接连丢东西了，起先并没有在意，以为是自己记错地方，过些时候就会出来的，后来发现东西是真丢了。我只好辞退了她，另外寻找一个新保姆。可第二个居然趁我们上班去了，就在我家里打长途电话，每次都在半个小时以上，个月下来，电话费高达 300 多块，差不多是我妻子一个月的工资，如果不是我到邮局查单子，她还不承认。她说：她女儿在广东打工，一想女儿就忍不住要打电话。她以为我是机关干部，打电话是不要钱的。要知道的话，就不会打了。我平时，向家里打电话，都言简意赅，尽量少说话，长途电话挺贵的。每月包座机费控制在 50 元内，这下超出了这么多，让人哭笑不得。

　　我的命为何这么苦？妻子在哭诉。而我更是心如乱麻，感觉窝囊透顶了。我只好向邻居求援来安慰妻子，邻居先后来了几批，都被妻子堵回去了，有的甚至还碰了一鼻子灰。妻子说：我好好的，谁说不好？你们只怕有毛病吧？看见请来安慰的邻里个个难堪，我只好又挨个上门赔礼道歉，以此来获得邻居们的谅解。

我由困惑变得浮躁、焦虑起来。整天浑浑冥冥，恍恍惚惚，且多梦，常在睡梦中惊醒。于是，我下定了决心，干脆让妻子辞职，在家里带孩子。这一举动，在我们农场机关引起不小的震动。像我们这种情况的，在机关还有五六个，他们不约而同来到我家表示不满，说我带了一个很差的头，害得他们的老婆都喊要辞职，甚至还在家里吵架。他们指责我：让老婆辞职，靠你一个人的工资又怎么能养家糊口？这的确是一个很现实的问题，我压根儿没有多想。无非是暂时困难点，待孩子长大些，再去找一个工作。妻子市技校毕业，在纺织厂工作，又苦又累，工资还低得可怜，她早就不想干了，只是没有勇气辞去而已，这下也算是"两全其美"。不过，妻子辞职以后，与我妻子同在纺织厂的几个女同事也先后辞职了，这几个人先前与我们几乎没有来往，之后就成了常客，说是我成全了她们。

三

以为从此可以睡安稳觉了。谁知，女儿白天睡觉，晚上就吵闹，要人陪她玩。常常弄得我睡眠严重不足，上班的时候，像鬼打了，提不起精神，遭领导批评了多次，苦不堪言。一次在梦中，我看见许多的鱼在飞，朝我家的那口小水池飞来。我家的水池是空的，什么时候池子里蓄满了水，我不知道。这是一个废弃了许久的水池，在院子里，我很少去留意。偏偏梦反复暗示我：鱼。我醒来，去院子里看看那个小池子，还是空空的，除了几片落叶，什么也没有。我把这个梦告诉了妻子。她很惊讶、很激动地说：对呀！这是老天爷托的梦！我是丈二和尚摸不着头脑，给弄糊涂了。妻子就吩咐我把池子打扫干净，再去大湖里去挑水，要挑得满满的。她还说，自来水里含有小苏打是不行的。妻子说完就上街买活鱼去了，由不得我追问。

哎哟，这是又要养鱼了。

妻子生孩子以前，挖这个池子是她的主意。那时候，我们才刚结婚，她的这个建议得到了我的积极响应，觉得是个不错的主意。把鱼养在自家院子里，既可观赏，又随时可以水煮活鱼。鱼头是个好东西，补脑。那时候，工资收入是微薄的，不可以经常买鱼吃，主要是买不起，也是不划算。居家过日子，得紧巴一点。于是，一到周末，我就常常带着妻子到乡下村庄的鱼塘去钓鱼，还能吃到可口的农家饭。每每回来，总能钓到或多或少的鲜鱼回来，再养到自家的水池里。无事的时候，就独自在池边转悠一下，逗逗鱼玩，悠然自得。这下，可把我的那帮狐朋狗友羡慕得要死，一个劲地夸我妻子不仅人漂亮，而且又聪明，很有想法。妻子禁不住人家的表扬，就很客气地邀请我的朋友来家里吃饭。我们几个一连打了几天牌，她就每餐水煮活鱼，还有辣椒炒肉什么的，总要弄出几大碗，家里的陈酿吃完了，就上街打谷酒，乐得朋友们一个劲地夸她贤慧。

打那以后，我隔三差五地约牌局。有时也就跑到朋友家玩上几天，感觉那日子逍遥而惬意。这样的好日子并没有过上两年，妻子怀孕了，我自然出去少了，我要弄饭菜给她吃，也是给我的孩子吃。尤其是那个水煮活鱼，天天煮，餐餐吃，我都吃得皱眉头了，还得每天照葫芦画瓢！直到她要生的前几天，妻子突然说我煮的鱼不好吃，让她受不了，以后再也不吃鱼了。我又何尝不知，她早就吃厌了，只是不说出来而已，强迫着自己霸蛮吃鱼。这下好了，以后可以不吃鱼了。至少，可以间歇地吃。没想到，这才过了多久，也就顶多一年吧，我感觉没有几天一样，妻子突然说好久没吃鱼了，还差点把这个好菜给忘了，还幸亏老天托梦提醒。

我望着妻子买回的好些品种的鱼，哭笑不得。我的一句嘴漏，又要继续吃鱼了。我心头紧缩，一种作孽的感觉上身了。是的，曾经天天吃鱼的生活记忆犹新。我知道她内心并非对吃鱼那么着迷，她是迷信鱼能让女儿早日开口说话，只是她不说而已。可我，又陷入了焦虑之中。我一看见餐桌上的鱼，就感觉满屋子都是鱼腥，呛得人直想吐，没有半点食欲。可我的女儿却不以为然，她出奇地喜欢吃鱼，你怎么弄，她就怎么吃。看她那个吃鱼的馋猫样，我都怀疑她前世是饿猫变的。

　　吃鱼能否让女儿开口说话，从而变得聪明些，这是我很困惑的事。何况，也找不到丁点科学依据，我只能听天由命了。反正我宁愿挨饿，也不愿意天天吃鱼了。所以，我就变着法儿到外面去蹭饭吃，以单位加班为由头，或其他理由。

　　就在女儿两周岁那天，女儿忽然张口说话了，居然还成句成句地说，且吐词清楚，字正腔圆。妻子感动得眼泪都流出来了，立马出门告诉左邻右舍，生怕谁家的什么人不知道。接连几天，妻子牵着女儿走东家，串西家，把曾经消失了的笑声，加倍地播进街坊邻居的生活里。总算是雨过天晴。我舒了长长的一口气。

四

　　不久，我们一家进城了，开始了全新生活。

　　女儿在幼儿园识字很快，短短的几个月下来，能认出几百个字了。记不得是哪天了，女儿又喊要我买鱼吃，她说好久没吃鱼了，并要求我带她一道去鱼市场，我犹豫了半天，还是应允了。是呀，自从女儿开口说话以来，我家的餐桌上就几乎看不见水煮活鱼这道菜了。不止我不吃鱼了，妻子比我更甚啊。我也是后来才知道的。妻子怀孕期间，我还以为她是"一拖二"喜欢吃鱼，以为既满足了她的食好，又能让胎儿天天吃上鱼，以致我为这件事内疚了好久都过意不去。

带女儿上南岳坡的鱼市场。一路上，她又是蹦，又是跳，口里还哼歌儿。街道上的店招也好，广告牌子也好，她总是抱着十二分的热情去关注，把认得的字大声朗诵出来，生怕路人听不见。那识不了的字就故意停顿下来。遇到这种情形，我总是立马帮她认出来，女儿就心领神会了，跟我贴得更近，更欢快了。

刚进鱼市场，跑在前面的女儿就叫开了：爸爸，这里有好多"鱼羊鱼"，快来看呀！这个鱼市场又叫鱼巷子，明清时期就已经有了，且远近闻名。因紧挨洞庭湖码头，由几条小巷子组成，主要经营鱼类产品，兼营其他杂类，故又叫鱼巷子，是南来北往的鱼产品最大的批发中心，也兼营零售。我并不知道批发的行情，但零售比市区任何一个地方都要便宜一些，且新鲜，都是湖里野生的。这里每个摊位前竖一块招牌，大多写着'鲜鱼'多少钱一斤之类的字样，女儿认不出这个'鲜'字，就毫不犹豫地把这个生字拆开念了。还一个劲地问我：'鱼羊鱼'是什么鱼？惹得那些正在剖鱼的小贩放下手中的活儿大笑。女儿这才意识到自己又读错了字，羞涩地躲闪在我的身后，黑眼珠翻成鱼样的白眼珠，嘟着嘴巴，抓紧我的衣袖，羞答答地不肯出声了。我告诉她不要紧，你还未上学就认得这么多字，他们小时候说不定比你认得的字少多了，何况今天你又多认得了一个"鲜"字了，已经很不错了！女儿经我一夸，就跑到我前面去了，开始有意无意地去招惹他们。鱼贩们就逗她玩：小朋友，木盆里盛的都是什么鱼？女儿嘟着小嘴巴，一字一顿说：会游泳的鱼都是鲜鱼——那"鲜"字的声音拖得又长又响亮。

五

要放暑假了，女儿要回来了，妻子忙上菜市场买女儿爱吃的菜，我就在家里扫尘埃，擦窗户，帮她整理房间，迎接她的归来。无意间看到了她初一时的日记本，忍不住随手翻了几页，被一篇日记题目吸引：《给一尾鱼的秘密葬礼》。开篇并没有直接入题，而是一断抒情文字：白云是天空的女儿，飞鸟是森林的女儿，鱼儿是河水的女儿。白云走失了，天空就要下雨。雨是天空的眼泪。飞鸟迷路了，森林就寂寞。寂寞就生出牵挂。要是我养的鱼儿死了，伤心的不止河水，还有我会更伤心……我不敢细看女儿的日记，何况这还是多年前写的。记得以前她曾不止一次地警告我，不准偷看她的日记，她还说我若是明知故犯，她会以法律来保护她的隐私。女儿快回了，我只好匆匆地过一遍，大致分析了这条鱼的死因，责备了自己的粗心大意，重点写了她悄悄地为死难的鱼儿举行秘密葬礼的过程，还有一些天真幼稚的感慨，连我和她妈都被数落了一番。居然还有这件事，我和妻子一直都蒙在鼓里。

妻子从菜市场回来，我把这个秘密偷偷告诉妻子，妻子说：当年女儿还小，就有了小小的秘密。而今女儿长大了，一天一个样，还会有更多的秘密，只是你没有发现而已。我"哦"了一声。

六

我捉摸着，女儿曾反复问我的一个问题：为什么十二生肖里没有鱼呢？我曾告诉她：生肖是一种传统文化，起源于民间故事。全世界有许多国家都有这种文化，但因各国的文化差异、风俗习惯、思维模式、伦理道德、价值观念、审美情趣等，生肖里的动物以及传说故事也不尽相同。我们没有的，说不准，在其他什么国又有呢？女儿对我似是而非的解读半信半疑，妻子抢着说，哪有那么复杂，鱼是被猫吃了啊。女儿就不高兴，说她妈这是胡说八道。我知道妻子是开玩笑的，但她还是没读懂女儿的心事。我猜女儿不喜欢猪这个属相，若是可以自由调换的话，她一定会换成鱼。我和妻子从来没有研究过生肖属相，便无法很好地回答女儿这种神提问。我属马，妻子属狗，女儿属猪。这三者组成了一个小家庭，有欢乐、喜悦，也有忧伤。或许，这也就是千万平凡人家生活的一种。今天，我把这些往事拎出来，既是给读者分享，也是给自己备忘。

丁字街往事

一

正街上分岔出一个丁字街来。而这个丁字的竖勾不像我们看到的楷书那样规整，倒像一个比较潦草的书法家，不多弄出一点弯曲来不显示技艺高超。尽管这一笔拖得有点长，不过连三岁娃娃也认得出像丁字的街。而我家恰恰住在丁字的勾勾上。此刻，我突然有了一种屈辱的感觉，好像这座城市就是一个不折不扣的大屠夫，我像屠宰过的死猪，被挂在丁字街的挂钩上。以前，虽然进进出出、两点成一线，浑然不觉。甚至，把这条丁字街当湖汊的水路走，这勾勾便是我宁静的港湾、泊地。街是坡路，成25度小锐角，尽管它不能计算出生活的幸福值有多少，却也记录了我这些年来的酸甜苦辣。我先是自嘲：你看看我哪，回家走的是上坡路。更多的时候，我拖着疲惫的双腿爬坡。然而，家就在眼前，在亮灯光的地方，步履也由此变得轻盈。

2007年冬天的一次归途，天色向晚，路面结了冰，我没能坐上拥挤的公交车，只能走路步行回家。从单位出发，大约二十分钟来到丁字路口，我看见坡上一辆板车突然翘了，煤球滚下坡来，拖板车的人被板车举在半空中，双脚使劲蹬也着不了地。这情形，有点卓别林式的滑稽，我却笑不起来。我前天出门时，就在这个坡上滑了一跤，让路边店铺的人笑过。我快速地爬起来，假装若无其事，也掩饰不了内心的尴尬。看见这位拖板车的，我就不假思索上前助他把板车放平，再找了两块半截砖塞在后轮，他对我说了不少感激的话，弄得我都有些不好意思了，不过是举手之劳啊。或许，而今的举手之劳太稀罕了，才让他倍感温暖。随后，我帮他捡起滚下坡的煤球，一并把车推上了坡。从此，也就认识了一个专送煤气的民工，姓彪，五十开外。他告诉我，这附近的煤气几乎都是他在送，一天再多也只能挣五十、六十的样子，只好另兼了两家搬家公司的活，赚得一点点辛苦钱，毕竟还要维系一家三口的基本生活。老彪说，初中没毕业就出来讨生活，能在这座城里安身立命已经不错了。哪天你若搬家什么的，打个电话给我就可以了。我点头笑了笑。遥想当年，初中毕业的我就在农村当农民，与老彪有几分相似。幸亏后来又及时返回学校重读，并正儿八经地念到了大学，还找到了一个令许多人羡慕的记者工作，如没去学校读书，不知现在会是什么情形，我不敢去想象。

二

其实，这个丁字街又叫公子坡，当年有一个鲜为人知的来历：一个吊儿郎当的公子哥在这一带调皮是出名的，常惹是生非，遭村里人唾骂。他的父亲忍无可忍，用棍棒将他赶出了村，他就再也没有回来过。是回不来了。听丁字街的老人讲，当年公子哥被赶出村以后，在岳阳城的街头四处流浪，到了1937年，岳阳街头过兵，他就跟着他们走了。原来这是一支国民党的部队，从武汉那边过来的。在1939年的长沙会战中，他曾一人歼灭日军六人，不幸战死在新墙河，被上级授予了虎胆英雄。后来，村里人闻讯，就把他逃出的村庄命名为公子坡村，这条路就叫公子坡以示纪念。现在听起来，这个故事倒有几分像诗句中的隐喻，耐人寻味。就像我的大学老师常训斥的那样：一块玉石，不经雕琢是不成器的。乍一想，多少年来，我在这座城市东奔西走，一直没有什么建树，自暴自弃，埋怨自己不是一块可塑的料，是注定成不了气候的。

　　就像流水，总是不分昼夜流淌。无论我如何看待这座城市，而生活还是要继续的，活着就是为了明天的美好。其实，美好的东西不一定相似，困扰人的东西往往是惊人一致。比如公子坡附近还有几处差不多的坡，就很容易让人迷路，疑似市井城市就是一个人生的八卦阵，或洞庭湖的迷魂阵。记得我刚来的时候，还真的走错过几次。想一想，世上无论是城市还是乡村，恐怕人只有两种路可走，一种是十字路，一种是丁字路了。或许，这也是我当年最伟大的发现，我不禁暗自嘚瑟了一阵子。

　　现在，城市的街道大多被重新命名，老名字慢慢被模糊了，甚至被人遗忘也不足为奇。出生晚一点的人，像那些80、90后的大多只对新鲜事物感兴趣，如果外地人来问路的话，找年龄大一点的靠谱些，不然年轻人会让你感觉答非所问，他们也弄不清楚到底在哪里？这代人只记繁华街道名和标志性建筑物，这也无可厚非。当然，哪里有品牌店、肯德基、麦当劳，娱乐场所等，问他们这就问对人了。

　　20年之前，这里还是城郊接合部，地形地貌比较复杂。有山丘，也有水塘。种蔬菜的、拖板车的、收废品的、打工的、坐台的……形形色色的人都杂住在这里。这一带的社会治安自然混乱些，各种稀奇古怪的案子时有发生，警察三天两头往这里跑，反而让这地方出了名，电视、报纸经常报道。可没隔得几年工夫，这一带被吞进了城市消化并不良好的胃里，名副其实地成了城市的一部分。这里居住的人，大多还是原来的村民。土地被征收了，村子成建制地保留下来。只是村委会换成了居委会，原来的村民大多都安排了工作，解决了城市户口，还补偿了可观的土地征收费，社会治安也就好了许多。

公子坡无疑是这座城市的一个小小零件，并不起眼。不是老岳阳人，压根儿不知道还有这么一处曲径通幽的隐居院落，连邮递员都没进去过，我的邮件也没收到过。后来只能改在自己单位收发。

三

我刚进城时住过父母家，在这座城市最繁华的商业区地段，实在不堪那种嘈杂喧嚷声，就到土桥租了一个相对安静的楼房住下来。其实，这里也是一个丁字街，再往里面走，就不算是街了，是胡同，很深很深的那种，且岔道很多。这里不仅地形复杂，人员也复杂。那时，我进城不久，不熟悉环境，贪图租金便宜就住下来了。可头一晚，居然就进了窃贼，我和老婆的手机被偷走了，还有我的钱包，里面近三千元钱，被一扫而空，钱包被丢在门口的过道上。无奈之下，我换了门锁，还加了一个长长的内栅，以为再不会出事了。谁知，大白天还被撬了窗户再次进贼。我没住满两年，多次进了小偷盗窃财物。也就弄得人心惶惶不可终日。而整栋房子还是一个派出所所长的私家楼房，他自己就住二楼，也还常常进贼。这才想到另找一个地方，首先保证安全，其次才是安静。一个寻常人家，只求一个平安，这个并不奢侈的愿望，成了我很现实的梦想。先后搬过三次家，一点为数不多的家具都搬烂了，每搬一次家，就要损失一次。还要丢掉一批旧的，添置一批新的，折腾来折腾去，人被拖得精疲力竭，还是没有一个自己的安乐窝，还连累老婆孩子，心里一直歉疚。

做生意的弟弟见我还在漂来漂去，就把他刚搬出公子坡的这栋两层楼的房子送给我。按理说，这不仅让我省下租房的一笔开支，还给了我可以安身立命的地方。即使将来单位集资的房子出来了，我还可以卖掉一处，也是一笔不薄的财富。本来不打算接受这份好意的，生来性格使然。老婆急了，连忙劝说：不接受会让自家兄弟想不通，以为你看不起人，还会闹出误会。又不要你回报什么，你又何乐而不为呢？我这才有条件地接受了。并声明，我不要这栋房子的产权，只是暂住，等集资房出来就去装修，住我自己的房子。

公子坡环境比土桥一带强多了，心情自然舒畅起来。每天起床早，不是在自家院子里走走，就是来到房子东面的一块菜地看看。我喜欢看日出，看城市的太阳穿过都市森林的空隙，斜斜地照在这块土地上，也照在自家的院落里。土地算不上肥沃，可这块土地上的蔬菜，却在人家的精心侍奉下，呈现勃勃生机。而今，让城里人放心的东西越来越少，至少这里生产出来的蔬菜不会打农药，我的邻居们这才如此津津乐道。虽说，我只是一个旁观者。偶尔想去开垦一小块种点什么？也只是说说而已。

从前年上半年开始，不断有人上门征收我家的房子，旁边的那块菜地和鱼塘不知何时被一家房产商买下来了，将开发成两栋32层商品住宅区。果然到了去年夏天，就破土动工了，那块菜地一夜之间消亡殆尽，开发商的鞭炮放了很多、很多，还杀了一头牛。我知道，从此，我的公子坡永无安宁之日了。先前，只要太阳出来，就能照着自家院落，可这么两栋庞然大物起来，阳光就全会被掩蔽。尤其半夜里还在打桩，把我从刚入的梦乡里活生生地拽醒，我的第一反应还以为地震了，让人好久心绪不得安宁，你说恐怖不？

四

这些年来，在城市里讨活，我早已身心疲惫。多少个万籁俱寂的夜晚，我轻轻拧灭台灯，那闪烁的光亮便是这个黑夜里最耀眼的光芒。闭上眼睛，向后一靠，无数白天的点点滴滴，又在这时候的脑际重新演绎。无数个无梦的夜晚，成了我欣然的向往。又有多少个噩梦，让人仿佛初醒。

曾几何时，以为只要有阳光就不会寂寞。从来不喜欢寂寞这个词，以为只有内心空虚的人才会寂寞。而我，从不会让自己空虚的。可不知从什么时候起，内心变得烦躁起来。书也读不进，文字也和我陌生了。

一度宁静平和的心态被打破。于是乎，我开始靠努力工作来改变，靠上网泡论坛来打发时光。结果发现我把阳光弄丢了。感伤和郁闷，便植于心中了。即使是流连于城市的灯红酒绿，莺歌燕舞中也无非是徒增繁华散尽后一种更深的孤独和落寞。拖着疲惫的身躯回到家中，换来的却是更深的寂寞与空虚。城市的工业文明就像一台功率极大的收割机，一百年的时间就把农业文明积淀的家底哗哗哗地收走了，再吐出来时已不是当初的模样了；城市的机器越来越先进了，可是我们变得越来越懒惰；休闲的娱乐也越来越丰富了，可是我们却越来越无聊；城市的房子越来越高了，于是我们高处不胜寒；车子越来越多了，于是我们只能花钱在跑步机上进行所谓的健身。

快节奏让我日复一日地麻木和倦怠。当视觉已被蒙着铅尘，走在人行道，灰蒙蒙的天空搞得我审美疲劳，当自然离我越来越远的时候，我的生活了无情趣，更谈不上诗意了。

对于这座城市，我有太多的说不清、理还乱的情结。

上世纪八十年代初，父亲右派摘帽平反，并没有回到省文化厅，似乎在老人的情感里，明显带有回避的意味。从而带着全家选择了这座城市。我们成了岳阳人，带着某种宿命。

那时候，我多么年轻，为自己能成为城市人暗暗欣喜。以为这辈子朝着远大前程的方向奔驰。待我从大学毕业后，先是留校的美梦破了，做一家报纸副刊编辑的美梦也破灭了。我含泪打着背包，独自又回到了那个农场工作，一个人的家我扛了八年。在进城绝望的时候，我结了婚，不久有了三口之家，过着随遇而安的日子，平凡而安谧。有一天，老婆拿着一张报纸，说上面有某报纸招聘副刊编辑的广告，要我去试试，在城市的同学、朋友纷纷打电话来，重新点燃了我的进城梦。过些天，我如期走进了考场，黑压压的一大片人，怕有六七十人，其中有不少是我认识的文友，也有几个我的学生，来争一个名额。开考的前两分钟，想从国企跳出来的万兄走到我面前，对我说：这个考场实际为你我准备的，我们两个不要争了，要么你离开考场，要么我离开考场。就这样，我毫不犹豫放弃了这次机会。

后来总编辑打电话责骂我：哪有你这样讲义气的？

老婆说的难听多了：蠢得要死！

直到 1997 年底，我才被作为人才引进入了岳阳城。

五

一晃，这么多年过去了。

我是从乡村走向城市的。当初，我所有的努力就是为了离开乡村，从此与土地背道而驰。连我自己也没有想到，这几年来，我又越来越怀念乡村，渴望那份质朴，纯粹，以及土地的包容与博大。我想，若晚年能安置在这个地方，有如世外桃源。从此不闻汽车的尾气，不走拥挤的马路，不看冷漠的人群，不再焦急地等待上楼的电梯。不再原地消失，又原地出现，做着重复的游戏。我估算了一下，这又要一笔不小的数目。在一座山上盖一栋小木屋，并把荒了多年的山头开垦出来，种上一年四季的蔬菜，还有花草以及果树。然后，把这块土地围起篱笆墙，让一种开花的藤草爬满篱笆墙，还有我的小木屋。每天我会早早起床，到林子里散散步，到菜园子里浇水、锄草。我还可以下山，到那片草色青青的河滩去放牧。累了，就在草地上躺一躺，数一数过往的船只，听一听像箭矢一样擦过眼眸的鸟啼声，从听觉到听觉之间，分辨飞鸟的种类和飞翔的方向。让明媚的阳光奢侈地覆盖下来，金子一样的阳光，堆积在我的身体上，像少年郎的我，拾不少的柴火堆在一起，那种欣悦不言而喻。

我终究还是放弃了在郊区隐居的打算。一是自己家底子薄，没有这个经济实力；二是离退休的年龄还有十几年，也不现实。何况，这座沿江城市，又已经开始东扩，恐怕还不等到我退休，这一带又会变成现代化城市了，我的隐逸之梦还会破碎。

加之，人心不安，隐也是一句空话。

若心安静，身居闹市也是大隐。

那天，搬出丁字街，老彪不知怎么知道了，跑过来送送我，并埋怨我不让他帮忙。我说，没什么东西可搬，还不够一个车，就不麻烦你了。

老彪一边挥手一边喊，要经常联系啦！我背转身，不敢接招呼，鼻子有些酸，把眼泪都呛出眼眶了。

一棵树的意义

一

　　H·杨却在《无岸的河》中告诉我们："人类对植物又知道些什么呢？觉察它们的痛感吗？每秒超过 2 次万往复振荡的呐喊，我们的耳朵是听不见的。也许全世界或整个宇宙都在呐喊，我们的耳朵却是聋的。可能小草在喊叫，当它被扯出泥土。当林中的树木遭遇斧头或锯子时的情形……"

　　于是有人说：人类听不见植物生命痛苦的呐喊。当你拔出一棵小草，几乎不可能把小草的根须拔尽，而人类在很早之前就有了斩草除根的成语。你可以砍伐一棵树，却无法全歼它庞大而辽远的根系。我们人一旦死去，还能留下什么呢？往往通过修族谱建祠堂刻石碑等形式来留下些物。其实，这也是无济于事的，没有生命堪为时间的对手。事实上，时光岁月才没有想过与人类为敌。人类太渺小了。

二

　　起初，我并没有从植物学的角度来认识树，总觉得那是植物学家的事，从来没想过去碰触。所以，多年来，尽管我也觉得人与树有某种相似之处，但这种认识还是很肤浅的，甚至是模糊的。产生这一莫名的想法时，我也是惊讶的。就像盛满河水的堤坝突然缺口，改变了河水既定的流向。堤坝与河水相安无事，无疑是在某种和谐机制下实现的。但溃堤，一定是打破了这种机制的。我在这里突然说堤坝与河水，与我要说的树似乎两者之间牛马不及，但我感觉里面有太多的秘密鲜为人知，就给了我写作的猎奇心理。无疑，也给自己的写作增加了不小的难度。事实上，挑战是富于乐趣的。我曾停了整整十年没有写作，就像一个农民抛荒了他的田土，去寻找一种新的谋生活计。我厌倦了过去庸常的写作方式，试图打破这种堤坝的机制，去得到缺口的快感。

　　人类成长由物质与精神两方面组成，而树木几乎也是这样的。树木的生长主要靠细密如发的根须，以及那些微观的叶片细胞。根须从土壤里吸收水分和各种无机盐，而叶子从空中接受阳光的照射。它们从大自然中摄取养分获取能量。树木通过根须和叶子深入无机世界，它们是树的两种最精微的组织。树木用这两种秘密武器来攻击庞大而原始的无机物世界，人类肉眼是看不到这种精密武器的，它们只有放在显微镜下才能被充分展示出来。动物是靠吞食摄入或大或小的食物，而植物则是通过水的溶解作用，来一点一滴地以分子的形式吸收养分。树木的营养并不是由主根来吸收的，主根的作用只是把植物固定在土壤里。根如果在稀薄的土壤里甚至是岩石中会紧紧攫住大地，这近乎不可思议。我不是植物学家，无力去探悉树根惊人的力量，但我在一个春天出游到了一片森林，看见在水泥铺就的甬路上，那壮硕的树根居然顶破厚厚的水泥路面，不可思议地拱了出来。还有竹笋的萌生，那生长的力量似乎比树根还要强大。它们的力量我的想象都难以抵达，更难以弄懂其中的奥秘了，但的确给我的文字留下了思考的空间。于是，我开始翻阅这方面的科普读物，补习一些基本的常识。我才知道树木的生命是靠从主根滋生出来的细密须根来维持的。达尔文说：这些根须工作起来就好像长着微型大脑一样，它们探入土地深处，能了解植物最需要哪些元素。譬如有的喜欢石灰质，有的选择碳酸钾，有的专挑氧化镁。小麦的根须会吸收更多的二养化硅供给麦秆，而二氧化硅对豌豆就没多大用途，它需要的是石灰质。植物在这方面展示出不同的个性。每种植物的细胞对它们需要从土壤里吸收哪种元素一清二楚。人亦如此，我们家乡有一句俚语：清油炒菜，各人所爱。算是比较好地诠释了这种特性，亦或是习惯。就像我们南方与北方，在饮食习惯上存在很大的差异。就像我们恋爱，有的喜欢胖子的肉感，有的专挑瘦骨的，林妹妹式的病恹恹的，是口味，是生理好恶，也是审美情趣。如果外力强求改变是不可取的。所以，有一个成语：顺其自然，或许就是出自对草木生活的规律诠释。

叶子和根须是两个最好的搭档，它们之间既有分工又有合作，默契程度是我们人类难以体会的。它们工作起来，会在树的内层韧皮和木质部之间产生一圈乳白色黏稠物质，树木通过它形成新细胞而不间断成长。所谓生长与再生都是在这层沉淀的浆状物质内进行。它们不断循环，因此它们不会衰老，且年年换新颜，仅凭这一点，就让我们人类羡慕不已。如果可能的话，宁愿放弃做人，做一棵树何尝不是人类的愿望呢？

也许，一棵几百上千年的老梨树会逐渐朽坏，甚至内核变得空洞，如一个空壳的尸骨，甚至那些树枝也枯死脱落了，可它仍然会结出少量的梨子，这说明至少其中一部分形成层还照样活跃着。前年七月底，我路过西藏桑日县境内的鲁定林卡，发现这里古木参天，绿树成荫，是难得的天然养吧。据说，这是十八世纪时西藏地方政府封赐给桑颇家族的庄园，距今已有 300 多年的历史。至于这里面的一些古建筑，我却没有留下太多的印象，尽管我在这片林子待了差不多整整一天，而对这里的千年树木记忆深刻。因为这是成片的老梨树，枝头正挂满了果实，伸手可触，只是果实很小，只有核桃般大，且肉质硬少水分，尝了一口，你压根儿就没有咽下去的勇气，硬，咬不动。这是我从来没尝过的水果，也是我认为最难吃的水果。但在高海拔且空气稀疏的西藏高原，居然存活了千年，它们的生命活力已经深深刻在我的记忆里，与梨子本身无关了

三

让我出乎意料的是树干的内核木质，并非我们常说的树心。一个农业专家告诉我：树干不进行任何生命活动，只是起机械的支撑作用。但它赋予树木抵御风雨的韧性与力量。植物学家们喜欢将整个树干比如成一个社区，让那些年富力强的成员从事创造性产出活动，而能力弱的那部分成员依次退休，这也有助于社会机体的持久与稳固。植物的须根就像田里种地的农民，生产出粮食，而叶子就是各式各样的加工厂，把原料变为现成的食品。即使在秋季落叶之后，须根照常工作，为树木提供汁液，以备来年春天所需。在一株生长旺盛的树木或藤蔓植物中，富含营养的树汁从上往下流回到根部。而在春天，它又明显地向上流动，通过叶片接触到空气。或者我们可以这样说，原汁总是向上流，而营养汁向下流，从而形成树木的双向循环，也是我们人类习惯的叫法：吐故纳新。这无疑就构成了树木成长的最基本机制。一旦我们了解了树木的生命过程，它是否看起来不再像最初那么美丽神奇，其实也未必尽然。好比人从陌生到熟悉的过程，便有了恋爱和婚姻一样渐进。当然，人类的确存在因熟悉而失去神秘感现象，所以我的这个比如也是蹩脚的，天性愚笨的我，又找不到一个更好的喻体来替代。

　　因此，以貌取人、以貌取物，成了人类大众的公共习惯，也是难以用对错来简单归纳的。的确，在我们仰望一棵参天挺拔的树木时，我们往往只在欣赏和赞叹它外表的高大，或华美，而很少对叶子、树皮、根须的健壮和优美生出欣赏之心，往往忽略了树木与我们的自身关联——它也是与构成我们身体的细胞相类似的且有庞大细胞群的产物。在生物学家的眼里，它是生命之泉，从大地喷涌而出，一路向上，到最高处化作四散的水花——不就是那亭亭如盖的绿荫吗？从这个角度上说，植物学家就是诗人，他们从细微处发现美感，且能形象地表达出来。那么，我们的祖先早就说过了——大树底下好乘凉——其实也是这个道理，只是从物质的需求上表达，疏略了诗人精神上表达的快意。要是我们能亲眼目睹那些生命物质的内在运行过程，就会知道把它比作喷泉是多么地贴切了。一片饱满的叶子里总有水分在不断流动着，并且克服着地心引力向上输送。这种水流就是树木的生命之流，它最初被地下的须根吸收，再被送达树冠，最后通过叶片表面的蒸腾作用排出。它携带着各种溶解于其中的无机盐提供给树木，用来形成木质组织或说是树的骨骼，以储存并强化从空气中获得的碳。它的功能类似于把各种物资运送到沿岸的城市的河流。一团看不见的云雾从每一棵树的树冠升腾起来，同时千万条看不见的小溪又流进无数细如发丝的须根。这样，树木就成了一条从大地到白云的流通水道。我们人类的身体以及其他一切生命体都存在类似的运作。生命离不开水，但水本身并不是食物，它使得新陈代谢的过程成为可能，吐故纳新要靠它才得以进行。水和空气是连接有机界和无机界的两条纽带，一种是机械作用，另一种是化学作用。水分从根部吸收，通过毛细胞作用和渗透作用到达顶部排出。这两种作用在无机界也存在，算不上是真正的生命活动，但它们都为植物的生命活力做出了贡献。

四

　　一棵树，从来没有因孤单而显得孤独，它以独立的姿态活出自己的风采。即使命运使然，诸如生长在悬崖绝壁的黄山松，它也没有因恶劣环境而放弃生命，而是以顽强的生命力锤炼毅力。如果是两棵树呢？它一定能和另一棵树之间和睦相处的。即使外力作用，它们碰撞在一起，或断手断脚了，也从不埋怨对方，更不会成为敌人。它们忍受着痛，相互对望，相互慰藉。这种大气与包容是我们人类所不及的。

　　我曾在郊外的一片森林中散步，发现它们之间秩序井然，各司其职，多么地合群。它们之间并没有我们人类的矛盾和冲突。但它们之间也有竞争。细细观察，在同一片蓝天下，它们之间几乎是齐刷刷地挺立，没有一棵树掉队。但它们也争头顶的阳光，吸纳空气中的养分，它们却不会像人类那样贪婪地囤积，肌体羸弱的树得到了满足自身成长的养分。这种成长过程，也是彼此鼓励关爱的过程。

　　因此，学习一棵树的品质，也就成了我的一种追求。

　　多年前，我在《诗选刊》发了一首朗诵诗《向一棵树学习谦卑》，被不少粉丝反复朗诵，抄录如下：

　　　　这个想法由来已久
　　　　既然活着要像一棵树
　　　　我得学习放弃多余的
　　　　土地、阳光、水分
　　　　放弃那些世人追逐的非分之想
　　　　在自己的土地上
　　　　哪怕是一块贫瘠的土地

哪怕是偏远的地方

我也要敦厚地去热爱

哪怕只有一小块阳光照耀我

我也要十二分地虔诚拥抱

还有雨水，那是上帝的恩赐

我必须适可而止

我要学会忍耐

学会在任何恶劣环境下生存的诀窍

我必须听得惯叽叽喳喳的鸟语

我必须看得惯黑夜里的闪电与雷鸣

我必须像树一样坦然

面对世间的万物

面对生，学习感恩

面对死，学会微笑

作为一棵树的意义，有太多的解释

而我，只有一种信念

除了谦卑

还是谦卑

五

　　然而谦卑二字说来容易，世上又有多少人真能做到？概而观之，人性中确属不治之痼症无非有二：一是贪婪；二是自大。即佛家所言的"贪"与"慢"，文明飞速进展与人类面临的深刻困境皆源于此二者。我们早已习惯以地球生命的统治者和掠夺者自居，山川草木、鸟兽虫鱼等等，在我们眼里如橱柜里的物件般随用随取，并无其他价值，怎么可能纡尊降贵去和它们谈什么平等呢？然而，不彻底卸下人类中心主义的沉重盔甲，放下我慢（不仅是个人的骄慢之心，更是人类作为一个物种的那种集体自大意识)，不带任何功利之求与先入之见，以天真质朴之心与世界的本来面目浑然相融，尊重每一个物种，欣赏每一个生命，到存在的源头去寻找存在的意义，而非此不足以拯人伦于既圮，挽末世之将颓。换句话来说，我们长期以来视为卑微的臣服者和地球居民的所有那些生命与非生命形式，恰恰是能够拔除我们已深入骨髓的剧毒的解药，滋养我们的生命之泉免于枯竭。